Volume hors série
de la revue-collection *Algérie Littérture / Action* (ISSN 1270-9131)

MARSA Éditions, 2001. ISBN : 2-913868-09-6

# Beur Stories

Madjid Talmats

Nora Merniz

Nasser

MARSA

●

Ouvrage publié avec le concours du FAS et du CNL

Madjid Talmats

# UN ALLER POUR L'ENFER...

Le chauffeur m'ouvrit toute grande la malle de son véhicule; j'en retirai mon seul bagage, un sac de cuir marron plutôt modeste. Je le posai sur le trottoir, fouillai l'une des poches de mon jean, en retirai quelques pièces et une liasse de billets, des dinars. Je payai la course. Il parut apprécier le pourboire que je lui laissai, fourra l'argent dans une vieille sacoche qu'il portait sur lui, réintégra son taxi et redémarra en trombe. Sans doute repartait-il sur l'aéroport où d'autres avions atterriraient et avec eux d'autres clients. Peut-être ceux-ci seraient-ils plus rentables que moi, car il faut dire que j'étais limité du point de vue du pécule, et le bus que je me préparais à prendre correspondait mieux à mes moyens.

Je n'étais pas seul sous l'abri. Autour de moi, il y avait près d'une demi-douzaine de personnes. Et il en viendrait encore d'autres. Ceux qui étaient là attendaient sans doute depuis un bon moment, car à Alger les transports publics accusent souvent des retards fous.

J'espérais ne pas poireauter trop longtemps. Il était déjà 16 heures 30, et ma destination se trouvait à peu près à trois heures de là. De plus, la rue, quoique très large, était une véritables étuve.

Monde figé et gris, sans symétrie. La seule chose vraiment nette était un minaret flambant neuf qui se découpait sur le ciel, derrière le ramassis de maisons qui longeait la chaussée en face de nous. Blocs avachis, à flanc ouverts, à toitures en ruines parfois, à volets clos, ces demeures paraissaient dépourvues d'habitants. La chaleur avait fait se terrer les gens. Dans quelques heures, comme des fourmis de leur trou, ils sortiraient tous. Alors le quartier s'animerait bruyamment et ne se tairait qu'au moment du couvre-feu, à 22 heures.

Des nuages firent soudainement leur apparition, voilant par moments le soleil. La chaleur ne faiblissait pas, au contraire elle se faisait plus forte. Pourtant le ciel se couvrit d'avantage encore. Mon œil, qui vaguait depuis un bon moment, m'invitait cependant à penser qu'il ne se préparait pas un déluge. Je lui sus gré d'un diagnostic aussi heureux, car, dans le sac de voyage coincé entre mes jambes, il n'y avait pas autre chose que des tenues d'été. De Paris, je ne pouvais imaginer qu'un temps chaud et sec. Le mois de juillet finissait, et il avait été particulièrement torride, selon mon grand-père qui m'avait passé un coup de fil il y avait une semaine. Le mois d'août serait sans doute un jumeau de juillet. Ces nuages qui planaient n'étaient rien d'autre qu'une poignée de farceurs, et ne paraissaient porteurs de changement que pour quelques personnes emportées par le désir de voir enfin finir le calvaire qu'elles vivaient.

Les gens qui m'entouraient à l'arrêt de bus ne prêtaient, eux, aucune attention à se qui se passait dans le ciel. Il y avait là des ouvriers d'usine, le visage osseux, la voix éraillée; des bureaucrates — du moins les voyai-je ainsi —, l'un d'entre eux gros mais vif, les autres assez minces mais plutôt lents dans leurs gestes; enfin deux femmes berbères d'un certain âge, bien en chair sous leurs robes amples et colorées, le front garni de tatouages traditionnels, toutes deux flanquées d'un mari : pour l'une il était gros et grincheux, pour l'autre filiforme et silencieux. Il s'était formé de petits clans. Ici, quelques minutes suffisent pour que les gens nouent connaissance et qu'ils se lancent dans de grands débats. Ça caquetait partout autour de moi. La verve pouvait se lire de loin car, comme pour mieux mordre à la discussion qui unissait les uns et les autres, presque tous ouvraient la bouche de façon inconsidérée. J'aimais à les voir, à les entendre. Je renaissais en quelque sorte.

Les voyages en avion me laissaient souvent une étrange impression : la fatigue, alliée au bonheur, entraînait presque toujours une demi-léthargie. C'était le cas maintenant. Par bonheur, la vie qui sonnait là dans l'entrechoquement des mots de ces hommes et de ces femmes avait sur moi l'effet qu'ont les premiers rayons du printemps sur les arbres et les fleurs. J'étais pressé d'être complètement avec eux, de me nourrir au téton de la parlote qui leur faisait oublier la canicule. Pour ça je me mis en tête d'aborder le seul couple resté encore silencieux : une des deux femmes berbères et son mari — un maigriot aux traits burinés, engoncé dans son burnous. Ils étaient à moins d'un mètre de moi. La femme avait un œil sévère. Ballonnée de sérieux, c'était elle qui, visiblement, imposait ses choix. Son mari ne devait faire que suivre.

Le pauvre homme semblait éteint dans l'ombre de sa dame. Il n'attendait qu'un bouillon de paroles chaudes qui décrisperait ses lèvres trop serrées. Ce serait vraiment le libérer que de faire ce que je me préparais à faire : je comptais entretenir la femme sur le coloris de sa robe, à mon goût trop vif. Mon désaveu la ferait certainement émerger de son silence, et son mari, à coup sûr, s'engagerait à pleine voix dans la brèche. Je l'imaginais déjà, le brave homme, lancé à en perdre le souffle sur le premier sujet venu. Je l'imaginais tellement que, tout bien pesé, je décidai finalement de l'abandonner à son sort. Le personnage, apparemment si réservé, pourrait, une fois libéré, s'avérer si mordant à la causette que, durant le trajet à venir, je n'aurais peut-être pas une minute de tranquillité pour apprécier les paysages.

Voilà que je diabolisais un personnage qui m'avait pourtant distrait jusque là... La vérité c'est que je venais d'apercevoir deux jeunes et jolies filles à qui il ne m'aurait pas déplu de faire la conversation. Et de beaucoup je préférais la compagnie de ces demoiselles à celle de ce couple qu'il m'aurait fallu secouer avant d'en tirer quelque chose. L'impatience qui me brûlait tout à l'heure à l'idée de faire parler ce vieil homme avait cédé la place au tourbillon que produisit en moi l'apparition des deux jeunes filles. Sans que je puisse rien y faire, l'objet de ma nouvelle attention ne desserrait pas une seconde son pouvoir hypnotique. Bien sûr j'étais peiné de lâcher ainsi mon bonhomme et sa dame, mais c'était fini, la volte face était consommée. Si encore des liens s'étaient tissés entre eux et moi, mais là, non vraiment, il n'y avait pas de remords à avoir, me répétais-je pour me donner bonne conscience! Je me défilais comme quelqu'un qui se déroberait à ses fiançailles toutes proches et qui, dans un face à face avec lui-même, se plaindrait d'une amnésie ayant effacé de sa mémoire les charmes qu'il prêtait jadis à son amie!...

Les deux jeunes femmes se tenaient en retrait à la limite de la chaussée. Comment étaient-elles apparues? C'était presque miraculeux! Comment, alors que je n'avais rien senti arriver? Après réflexion, j'en conclus qu'elles m'avaient été cachées par la masse compacte de cinq jeunes gens qui se tenaient à quelques pas sur ma gauche. Si donc elles se trouvaient à l'endroit où elles se trouvaient c'était qu'elles s'étaient déplacées, voilà tout! Comme les têtes des jeunes gens me les dissimulaient de temps en temps, j'avançai d'un pas. Je pouvais les voir en toute clarté à présent.

La plus jeune — elle ne devait pas dépasser les dix-neuf ans — avait les cheveux bruns et raides, l'œil noisette, la peau assez blanche; l'autre, dont l'âge tournait autour des trente ans, avait quant à elle l'œil bleu, les cheveux châtain clair, presque blonds, la peau blanche, piquée ça et là de petites tâches de rousseur. Cette dernière était une Française, sans aucun doute. C'était moins son physique que son timbre de voix qui m'avait mis sur cette piste. Ses mots, en effet, glissaient droit dans ma direction — leur son, pas leur sens qui, lui, était dissimulé par la distance et par les bavardages qui m'entouraient. Ils arrivaient à mon oreille et s'y égrenaient avec cette intonation que je connaissais bien, particulière aux gens de Paris et de ses environs. La plus jeune portait de reluisantes bottines, un jean moulant et un tee-shirt blanc très ample; la Française, elle, avait chaussé des sandales qui laissaient entrevoir ses ongles rouges, et endossé une robe en lin gris qui enserrait fortement sa taille grâce à un élastique caché sous l'étoffe. Toutes les deux étaient fines et élancées. Seule la plus âgée portait un sac à main, accroché à son épaule.

Je voulais les accoster avant l'arrivée du bus. Ce n'était pas que j'en pinçais pour l'une ou pour l'autre, non, plus simplement, je me voyais passant à leur côté un moment rare, riche d'échanges, un de ces hasards qui jalonnent l'itinéraire des voyageurs, et que j'ai le don de reconnaître au premier coup d'œil. Aucune des deux ne m'avait remarqué. Elles étaient trop occupées à parler et à s'esclaffer de toutes leurs dents. Je restai d'abord figé dans la contemplation, mais le désir incoercible que j'avais de provoquer la rencontre me décida à agir. J'avançai dans leur direction, l'air de rien, en patinant. Je marquai de fréquents arrêts destinés à camoufler mon travail d'approche. Quand je jugeai que j'étais suffisamment près, je pris mon courage à deux mains et franchis d'un trait les derniers mètres qui me séparaient d'elles.

- Dites, ça fait longtemps que vous attendez le bus?

- Une demi-heure ou peut-être un peu plus, me répondit du tac au tac la plus jeune.

J'émis un long sifflement pour exprimer ma surprise, puis, comme mes yeux rencontraient ceux de la blonde :

- Vous êtes française?

- Oui. Et vous, je suppose que vous êtes kabyle et que vous vivez en France!

- Dans le mille! Mais ça n'est pas bien difficile à deviner avec ce sac de voyage que j'ai entre les jambes et ce bus qui va sur les principales localités de la Grande Kabylie. Ailleurs et dans des circonstances autres, est-ce que vous auriez eu la même perspicacité?

- Un Kabyle, surtout blond aux yeux clairs, je crois que je le reconnaîtrais. Mais en ce qui vous concerne, je dois dire franchement que vous êtes d'un type tout à fait déconcertant!

J'ai les yeux très noirs, dissimulés sous de longs cils de fille. Ma chevelure est brune —je la portais alors ample, lisse à la base, ondulée en ses extrémités. Mon visage est d'un ovale imparfait, terminé par des convexités qui, à défaut d'offrir l'illusion d'une figure musclée, donne du moins l'impression d'un bloc bien dessiné. Une force dans les traits ne se désolidarisant en rien d'une peau qui demeurait celle d'un nourrisson, tirée, laiteuse, et ce malgré mes vingt-quatre ans. Il était difficile de m'attribuer au premier coup d'œil une origine; j'étais très souvent, au cours des soirées dansantes que je fréquentais en France, la pomme de discorde dans les cercles de jeunes filles : si mes groupies s'accordaient généralement pour dire et que j'étais étranger, en revanche elles se disputaient quand il s'agissait de m'attribuer telle ou telle nationalité; les unes avançaient libanais, italien, quand les autres soutenaient avec force espagnol, grec ou autre chose encore.

Quoi de plus normal donc que cette jeune femme en face de moi ait pu dire que j'étais "d'un type tout à fait à déconcertant". Je n'en étais pas étonné le moins du monde. Et tout cela avait une explication que je m'empressai de lui révéler :

- Je crois que le trouble vient du fait que ma mère est française, française comme vous.

- Ah! Voilà qui explique...

Elle s'était arrêtée net. Elle ouvrit légèrement la bouche deux ou trois fois de suite, afin sans doute d'essayer de terminer sa phrase. Finalement, elle en resta là. Comme une personne à qui l'on aurait appris l'existence d'un phénomène paranormal dont elle aurait déjà été témoin et qui se serait tue, par crainte que ses révélations la tournent en ridicule.

Pas de doute j'étais en présence de la seule femme qui ait pu lire, à la lueur de mes traits, les premières branches de mon arbre généalogique. Et pour qu'elle ne me cache pas plus longtemps ses facultés, je l'encouragerai à passer aux aveux :

- Vous aviez deviné, hein?!

Elle pouvait se révéler maintenant. Elle allait le faire d'ailleurs. Mais sa modestie naturelle la rattrapa in extremis :

- Ou...i, euh! je veux dire non! non, bien sûr!

Je vis que le visage de la brune pétillait d'étonnement. Je compris alors, à cette lumière qui brillait dans son regard et à ce sourire qu'elle affichait sans se forcer, que la blonde ne lui était pas étrangère du tout, et que, justement, connaissant la sagacité hors du commun dont elle était pourvue, ses derniers mots la surprenaient encore plus que moi. Et il était évident que cette adolescente mourait d'envie de mettre en avant les dons de celle que je supposais à présent être son amie. Mais elle ne le fit pas, bien que je l'aie réabordée, en ce sens, avec tout le tact que cela suppose. Cependant, comme elle était plus bavarde que la blonde, j'en appris beaucoup, et très vite, sur leur compte, à commencer par leur prénom. L'Algérienne s'appelait Nadia, la Française, Marie. Et je ne m'étais pas trompé, elles se connaissaient, en effet, mieux même que je ne l'avais supposé : Marie était mariée au frère de Nadia, un ingénieur des Ponts et Chaussées actuellement en service dans une société appartenant à l'État. Marie, elle, ne travaillait plus depuis la fermeture du lycée français d'Alger où elle avait commencé à enseigner le français et l'histoire-géographie. Quant à Nadia, elle était étudiante et se trouvait à Alger aujourd'hui parce qu'elle était venue rendre visite à une camarade de classe qui vivait dans la capitale; et si sa belle-sœur était à ses côtés, c'était juste histoire de voyager accompagnée, c'était plus rassurant comme ça, car ces temps derniers des jeunes femmes étaient très souvent kidnappées, violées puis parfois décapitées par les groupes armés islamistes entrés en guerre contre le pouvoir militaire en place. Elles étaient venues en taxi et s'apprêtaient maintenant à repartir, au moyen de ce bus qui tardait à arriver, vers Tizi-Ouzou où elles résidaient toutes les deux.

Marie, tentée par le sillon de révélations ouvert par sa belle-sœur, intervint et précisa qu'elle et son compagnon s'étaient connus en France et qu'ils ne vivaient en Algérie que depuis un peu plus de six ans.

Et moi-même, si peu enclin à parler de choses privées au premier contact, je dus, pour rythmer ce déballage, céder un peu du terrain qu'on réserve d'ordinaire aux rares élus. En fait, j'intervins à plusieurs reprises, mais seulement deux fois pour livrer des informations me concernant. La première fois — juste après que Nadia m'eut précisé leur destination — pour parler de mon village perdu au cœur des sommets de l'Akfadou, de mes grands-parents qui y vivaient et qui, à l'heure qu'il était, devaient être impatients de me revoir; la seconde fois, à la suite de quelques paroles sans importance lâchées de part et d'autre, pour leur avouer qu'une Licence en Lettres modernes était la seule dorure dont je pouvais me vanter et que, peut-être pour cette raison, je n'avais jamais occupé d'emploi stable, malgré une quête soutenue. Sur ma lancée, je leur énumérai un nombre inouï d'entreprises dans lesquelles j'avais travaillé sous contrat à durée déterminée, et, pour les faire rire, je comparai ces expériences à un match de boxe que je devais livrer quotidiennement avec un adversaire sûr de ses coups et dont la tâche consistait à m'envoyer au tapis dès les premiers rounds. Elles rirent d'un rire forcé, à peine audible, signe qu'elles compatissaient aux difficultés que je rencontrais dans la vie. Je ressentis comme une pointe de honte, et, afin d'évacuer ce sentiment au plus vite, je repartis de nouveau sur mon village, parlant de la forêt qui l'enserre, des singes qu'on rencontre près des points d'eau et qui viennent manger des morceaux de pain dans la main des curieux qui les approchent.

- Des singes dans les montagnes!, s'étonna Marie. Et l'hiver, quand il neige, ils n'ont pas froid?

- Non, ce sont des singes magots, une espèce qui aurait même tendance à préférer le froid à la chaleur, dit Nadia qui savait visiblement de quoi elle parlait.

Je vis, au bout de la rue, se profiler la tête du bus puis tout son corps. L'événement se passait dans le dos de Marie et de Nadia. Mais les deux jeunes femmes s'en rendirent quand même compte, moins sans doute par la joie manifeste qui devait éclairer mon visage que par le "ah!" de soulagement que poussa soudain l'ensemble des voyageurs. Contaminées par l'euphorie générale, elles tournèrent un instant la tête du côté de l'autobus puis, sitôt après, reprirent leur position initiale, plus contentes me sembla-t-il.

Finissant de réajuster une mèche de cheveux qui lui était tombée sur l'œil, Marie donna un coup de coude amical à sa complice et dit :

- Pas trop tôt, hein?!

Nadia jeta un coup d'œil rapide sur sa montre avant d'enchaîner :

- Tu l'as dit!

Le car arriva au niveau de l'arrêt. Les voyageurs formèrent bientôt un cercle agité près de la moitié avant du véhicule; ils avaient tous l'œil brillant et les membres tendus, pressés qu'ils étaient de se bousculer pour entrer, comme il est de coutume ici. Pour ça, ils leur fallait attendre que la porte s'ouvre et que ceux qui comptaient descendre sortent. Mais, visiblement, les passagers qui étaient à l'intérieur restaient à leur place.

Marie, Nadia et moi avançâmes en direction de la tête du bus car, la porte s'étant ouverte, les gens commençaient à s'agiter pour monter. Je remarquai un jeune homme chauve, en retrait par rapport aux autres, qui, mâchouillant un bout d'allumette, tenait un quotidien de langue arabe plié dans sa main, et qui nous regardait de temps en temps. A mi-parcours, soit juste au niveau du chauve, Nadia, qui marchait entre sa belle-sœur et moi, freina notre avancée en déployant brusquement ses bras en croix :

- Vous avez vu le monde qu'il y a à l'intérieur! dit-elle en prenant un air grave.

- Qu'est-ce que je tu racontes là, il n'y a quasiment personne! dit Marie.

- C'est bien ce que je veux dire, dit Nadia sur un ton enjoué. Quelle bêtise de se presser : ce ne sont pas les places qui vont manquer! Attendons que tout ce beau monde soit entré au lieu de courir pour passer au pressoir!

Elle avait raison et je lui dis, mais je lui fis aussi remarquer qu'elle aurait pu nous demander de nous arrêter autrement qu'avec ses bras, ce qui eût évité cette collision dont je prétendais ne pas me remettre.

- Du chichi tout ça, dit-elle.

- Non, la preuve, regardez...

Et je feignis un tremblement qui la fit rire aux éclats.

Soudain, un violent crissement de pneus nous fit sursauter. Nous nous retournâmes et vîmes une vieille Land-Rover s'arrêter brusquement derrière le bus; elle faillit même lui rentrer carrément dedans.

Trois hommes armés en sortirent en échangeant nerveusement quelques paroles. Le plus grand d'entre eux tenait une kalachnikov. Les deux autres portaient chacun un pistolet automatique. A peine eurent-ils posé le pied sur le trottoir qu'ils foncèrent droit sur nous. Nous savions que nous avions affaire là à des terroristes islamistes. Une question fusa dans ma tête :

que comptent-il faire de nous? La peur paralysa mes membres et figea ma parole. Mais, au bout d'un moment, je recouvrai mes esprits, et je me sentis de nouveau capable de donner de la voix. Et bien que tout appel au secours eût été plus dangereux qu'utile, j'en aurais lancé un de toutes mes forces si le jeune homme chauve, qui se trouvait dans mon dos et qui était en fait un complice, ne m'en avait empêché, couteau au poing :

- Un mot et je te crève sur place, tu entends!

Pendant que le chauve nous tenait sous la menace de son couteau, ses camarades, eux, braquaient les autres voyageurs qui se trouvaient à l'extérieur.

Nos ravisseurs agissaient avec une hâte folle, mais la méthode y était et le sang-froid aussi. Il étaient très jeunes, tous probablement en dessous de la trentaine; et leur émir semblait être le grand de la bande, une brute à la figure émaciée, qui portait une chéchia sur un crâne souffrant d'un début de calvitie, et à qui ses compagnons, depuis le chauve jusqu'aux deux acolytes qui l'assistaient — un albinos de moyen gabarit et un barbu assez trapu —, jetaient fréquemment des coups d'œil pour s'assurer que tous les gestes qu'ils accomplissaient rencontraient bien son assentiment.

Le chauve nous bousculait en direction de la porte de l'autobus et les trois autres terroristes, devant nous, faisaient de même avec les retardataires. Tout alla très vite. Quelques cris vite étouffés, et nous nous retrouvâmes à l'intérieur du bus, entassée tels des rongeurs dans le boa qui vient de les avaler. Marie, Nadia et moi étions adossés contre la vitre de la portière qui venait de se fermer derrière nous. Et nous attendions là sans bouger, car nos ravisseurs, qui se relayaient pour vilipender le chauffeur, nous barraient le passage sans le vouloir. Mais le chauve s'en rendit compte et, s'écartant alors, il nous somma d'aller nous asseoir quelque part. Nous avançâmes. J'eus un frémissement en entendant les voix de ténor de ces quatre hommes et, en fond, les gloussements inquiets du chauffeur — un petit gars bouffi de visage et de corps — qui ne savait pas du tout quelle attitude adopter. Finalement, l'émir lui ordonna de redémarrer et surtout de ne pas poser de question…

On entendit le moteur gronder, et les secousses commencèrent. Les quelques voyageurs encore debout trouvèrent leurs places très vite, sentant que s'il ne le faisaient pas, on les y obligerait à coups de crosse. Vers le milieu du bus, je crus reconnaître sous les traits d'un jeune homme débraillé, portant lunettes, celui qui devait être le billettiste; et, en effet, je remarquai au passage qu'il s'affairait, aidé de son pied, à faire disparaître sous la banquette devant lui un objet métallique qui était sans doute sa machine à billets. Il pensait probablement que, vue la situation, le statut de voyageur anonyme était préférable à celui de fonctionnaire.

- Allons nous asseoir là-bas au fond, fis-je à Marie et Nadia qui me collaient au dos.

La banquette était vide, et c'était la seule qui occupait le bus dans toute sa largeur, donc la seule susceptible de nous contenir tous les trois ensemble. Nous nous sentions unis, confondus dans la même peur, et nous séparer aurait été équivalant à la perte d'un bras ou d'une jambe. Rester encore ensemble, c'était aussi s'octroyer une liberté et donc quelque part refuser le nouvel ordre établi.

Marie s'affala au milieu, Nadia et moi optâmes pour les côtés qui donnaient sur les vitres. Le contact demeurait : nous ne cessions de nous frôler de la main, et nos regards se cherchaient et se touchaient en plein vol à n'en plus finir. Devant la menace que représentaient nos ravisseurs, que faire de mieux? Nous n'avions vraiment d'autre choix que de partager notre peur, et nous la partagions, consumés peu à peu, comme le sont par la faim ces hommes et ces femmes qui végètent dans les contrées stériles, mais la peur se limitait à ronger notre vie, et le sens qu'elle avait laissait intact notre poids de chair et de sang. Une pesanteur encombrante puisqu'il ne nous appartenait plus...

Je promenai le regard dans le bus, et devinai une profonde détresse sur quelques visages qui s'étaient tournés machinalement vers moi, des yeux de charbon sur des faces de fantômes...

L'émir était resté debout près du chauffeur, et il lui dictait ses directives. Mais il m'était difficile de savoir ce qu'il lui disait, car il parlait doucement, et, bizarrement, comme ses lèvres battaient d'autant plus vite que leur dessein étaient de parler bas, la moitié de ses mots s'en trouvait mangée sur place, tandis que le reste mourait dans un imbroglio étouffé que la distance ne permettait pas de déchiffrer. Ses camarades, eux, occupaient le centre du bus, et se regardaient sans échanger un mot, le coude appuyé sur les dossiers des banquettes qui les environnaient.

On approchait des 18 heures. Et les rues algéroises défilaient, avec leur lot de travailleurs qui s'en retournaient chez eux, de femmes, voilées ou non, et même une poignée de policiers. Mais aucun d'entre eux ne suspecta quelque chose à notre passage. Il faut dire que nos ravisseurs prenaient soin de maintenir leurs armes à hauteur des genoux. J'étais tenté de faire un signe à l'un de ces hommes en uniforme, mais à chaque fois qu'on croisait un passant, aussi anonyme fût-il, nos geôliers distillaient des regards plein de menace sur toutes les têtes, en insistant particulièrement sur quelques-unes, notamment la mienne.

De toutes façons, des gens avaient dû voir ce qui ressemblait à un enlèvement ou à un détournement, et avaient sûrement déjà signalé le fait aux autorités. Il ne fallait pas non plus oublier que le commando avait laissé sur place la Land-Rover, un véhicule sans doute volé à l'armée. Mais, même l'alerte donnée, à quoi cela nous avancerait-il? Car combien d'entre nous survivraient à des échanges de rafales entres les forces gouvernementales et des terroristes prêts à tout, y compris à nous exécuter en pareil cas? Il ne nous restait à espérer qu'une chose, c'était que ces hommes, certainement retranchés derrière une revendication, obtiennent gain de cause dans le marché dont des complices s'apprêtaient probablement, à l'heure qu'il était, à faxer les termes à l'intention des hautes sphères du pouvoir. Nous étions leur monnaie d'échange, et c'est donc dans cette seule logique qu'il y avait pour nous un possible salut.

L'émir, toujours planté à côté du chauffeur, fit soudainement un signe de la main à ses compagnons qui, eux non plus, n'avaient pas changé de place. Je compris qu'il voulait se faire remplacer. Comme les trois hommes lui tournaient le dos, son geste passa inaperçu. Je crus qu'il allait crier, mais non, il se rapprocha doucement d'eux. Le barbu, en entendant arriver les pas de son supérieur, devina la situation et s'empressa alors d'aller le relayer. En le croisant, il lui dit :

- Mustapha, t'inquiète, je m'en vais te le tenir à l'œil, ton chauffeur!

Le grand lui exprima sa reconnaissance en lui tapotant affectueusement l'épaule et en lui disant :

- Saha, Mahmoud.

Je pensais, en les entendant, que, soucieux de ne pas laisser d'indice, ces dévots d'Allah avaient utilisé des pseudos, mais me rappelant leurs visages nus — dont nous pouvions nous souvenir au cas où ils nous relâcheraient —, j'en conclus qu'il était plus vraisemblable que les prénoms par lesquels ils s'appelaient étaient les leurs. Et ils me parurent alors plus redoutables encore : n'y avait-il pas de quoi être inquiet à apprendre qu'ils ne cherchaient pas à effacer leurs traces, mais que, au contraire, ils s'appliquaient peut-être à les laisser pour guider leurs poursuivants et éviter ainsi que le combat dans lequel ils s'étaient lancés corps et âme n'entre dans un trop long répit qui, à leurs yeux, profiterait d'avantage à l'ennemi qu'à la cause pour laquelle ils se dévouaient sans calcul?

Une fois que l'émir fut arrivé près des deux autres, il commença à leur chuchoter quelque chose. Son corps se pencha pour plus de discrétion. Mais ses épaules ne semblaient pas suivre, et paraissaient toujours droites. Deux arêtes saillantes qui donnaient l'illusion que la vigilance de ce colosse restait intacte même au moment où elle ne l'était plus. Une particularité qu'il avait sans doute acquise à force de faire le guet dans les profondeurs du maquis.

Quelques minutes s'écoulèrent, puis l'émir se redressa, regarda vers nous autres massés à l'arrière, pivota d'un quart de tour, fixa d'autres visages et reprit sa position initiale. Il concentra ainsi l'attention de toute l'assistance sur lui. C'était le but. Il pouvait maintenant parler avec l'assurance qu'il serait entendu par tous. Ses deux camarades s'écartèrent légèrement, soucieux qu'ils étaient de ne pas gêner le tribun.

- Nous sommes des combattants de Dieu, des moudjahidin, dit-il avec feu. Les terroristes, ce n'est pas nous mais les kofars qui nous gouvernent et que nous combattons. Dites-vous que si vous êtes là c'est par leur faute et non par la nôtre. Ils ont conduit le pays à la ruine et, à cause de ça, ils se sont fait des ennemis : des gens pieux et justes, soucieux seulement d'équité, mais qui, pour leur opposition, se font tuer ou emprisonner. Nous exigeons la libération de nos frères qui en ce moment même végètent dans les cachots et sous la torture. Vous resterez captifs aussi longtemps que nous ne serons pas entendus. Vous penserez que ce n'est pas juste. Et moi je vous dis si, si! Car combien d'entre vous travaillent dans nos réseaux, je vous le demande, hein?!

Un silence. Des têtes baissées. Il continua :

- Rester passif devant l'avilissement qui nous consume, c'est cracher sur les seules poutres encore debout et qui entretiennent l'espoir : nous et la foi qui nous anime. Allah ou akbar, Allah ou akbar!

- Allah ou akbar, Allah ou akbar, Allah ou akbar! reprirent en cœur ses frères d'armes.

Là-dessus ils firent silence pendant un bon moment. Puis l'œil sévère du chef passa rapidement sur la banquette du fond, où nous nous trouvions assis. Il passa mais sans plus. Ce courroux, même s'il ne s'était fixé sur aucun visage, n'était pas pour nous rassurer : le géant et sa bande ne s'intéressaient pas encore à nous mais on sentait que ce n'était que provisoire.

Leur intérêt était capté ailleurs, c'était évident, vu qu'ils fixaient maintenant, tout en s'en approchant, la rangée gauche de la partie avant du véhicule. Les voyageurs qui s'y trouvaient, une dizaine, furent pris d'un soudain sentiment de panique, qui pouvait se lire à leur raideur plus grande. Ils sentaient peser sur leur dos les regards de l'émir, du chauve et de l'albinos; et s'ils se refusaient à y croire complètement, ils ne tardèrent pas à s'en convaincre car celui qui se trouvait près du chauffeur, et qui n'avait pas failli à sa garde une seule seconde, se désintéressa du conducteur pour les regarder de même; seulement lui ne bougea pas.

Quand l'émir et ses deux acolytes furent à côté de leurs sujets, ils les dévisagèrent un à un et en trièrent quatre répartis çà et là sur les dix, trois hommes assez jeunes et une femme de la cinquantaine passée. Tous étaient de ceux que j'avais pris, à l'arrêt, pour des membres de la bureaucratie algérienne. Ils les sommèrent de se mettre debout, puis les tirèrent par le col avec mépris pour les regrouper et les délester de leurs papiers. Pourquoi les traitaient-ils ainsi? Peut-être savaient-ils précisément qui étaient ces passagers et voyaient-ils en eux des ennemis? Toujours est-il qu'ils les poussèrent (pourquoi ce choix?) vers l'arrière de l'autobus. Vlan!, un coup de pied par ici, vlan!, un autre par là. Les quatre personnages hâtaient le pas sans broncher, et n'osaient même pas jeter un regard de reproche vers ceux qui, pourtant, se comportaient avec eux comme ils l'auraient fait avec le bétail le plus vil.

Enfin (j'attendais ce moment, la fibre tendue) ils arrivèrent aux places qui leur étaient assignées : les banquettes juste devant moi. Quand ils se penchèrent pour s'asseoir, je remarquai qu'ils avaient tous la paupière légèrement tombante. Comme si leur regard était ailleurs qu'en cet endroit. Sans doute ces âmes captives songeaient-elles en cet instant au temps où elles étaient libres, et souffraient-elles, craignant que les coups de pied de leurs geôliers ne soient les prémices d'une agression plus meurtrière qui les éloignerait à jamais des images chéries qu'elles faisaient défiler.

Maintenait qu'ils étaient là, assis tout près de nous, et que je pouvais même entendre leur respiration, j'étais de plus en plus désireux d'apprendre qui étaient ces gens. On ne pouvait pas les avoir regroupés par hasard : nos ravisseurs n'avaient eu aucun mal à les distinguer, et ce bien que le quatuor ait fait preuve de beaucoup de discrétion pour se fondre dans la masse des autres voyageurs. Ces trois hommes et cette femme avaient eu, dans le branle-bas de combat qu'on sait, la ruse et de ne pas se mettre ensemble et de ne pas trop s'éloigner les uns des autres. Pourquoi tant de précautions? Et comment se faisait-il qu'elles s'étaient avérées inefficaces? Ils avaient probablement un dénominateur commun, et c'était lui causait leur perte. Quel était-il?

Sur les deux sièges qui se trouvaient devant moi, il y avait la femme du groupe et un homme assez corpulent. Ils détenaient la réponse à mes interrogations. La dame était assise sur le fauteuil de droite, mais vue sa mine effarée qui se reflétait sur la vitre, elle n'était pas en état de me souffler un seul mot. Par contre, son gros voisin, dont l'épaule paraissait soudée à la sienne, débordait, lui, d'une autre chair que celle qui l'alourdissait, celle de ses mots souffrant le transit : des lambeaux de colère qu'il s'efforçait de cacher, faute de pouvoir les jeter à la face de l'ennemi, mais que moi je devinais grâce aux mouvements nerveux que faisait sporadiquement sa tête et aussi au pavillon de son oreille gauche qui, me semblait-il, jouait le rôle d'un sismographe, rougissant d'autant plus que son bouillonnement intérieur se faisait intense.

Il ne m'était pas difficile de remarquer ces détails, il était si près! J'aurais pu le toucher en me balançant, l'air de rien, et ainsi l'interpeller. C'est ce que je me préparais à faire, quandj'eus une autre idée, celle-là plus sûre : frapper légèrement sous son fauteuil avec la pointe du pied, doser avec justesse les coups, juste assez pour être perçu et compris. Il m'entendrait, et certainement qu'après on échangerait quelques chaudes paroles dont j'avais grandement besoin, et pas seulement pour satisfaire ma curiosité!

Mon plan était tout à fait réalisable. Si nous gardions un œil vigilant sur nos ravisseurs, et si nous nous improvisions ventriloques, même médiocres, nous pouvions passer inaperçus, les ronflements du bus étant suffisamment forts pour couvrir nos chuchotements. Pour réussir, il fallait qu'aucun des tueurs ne se trouve trop près. Comme ce n'était pas le cas, j'attendis.

La ville continuait de défiler à toute allure. Il y a quelques minutes, c'était une rue bordée de dattiers où des enfants s'adonnaient au football avec une boite de conserve, et maintenant nous longions une artère importante où se croisaient toutes sortes de véhicules, et notamment beaucoup de taxis, reconnaissables à leur couleur jaune.

Dans le bus, toujours le même silence, les mêmes visages fermés par la peur. De nous tous, Marie, avec sa figure de cire, paraissait la plus tourmentée; elle tremblait, tout en demeurant raide, et l'on voyait au fur et à mesure sa chair se contracter et se friper. On aurait dit une crevette en train de frire dans quelque poêle invisible. Dans la course vers la mort, elle se sentait peut-être une longueur d'avance en tant que Française. Car il est vrai que les groupes armés haïssaient les étrangers et les tuaient à la première occasion, parce que les puissances occidentales, malgré les appels de toutes les tendances islamistes, refusaient de couper le cordon économique avec le régime d'Alger.

Marie ne voyait même pas que j'avais l'œil posé sur elle. Je ne supportais plus de la voir ainsi. Je décidai de l'aider à ne pas sombrer complètement. Je lui frictionnai les genoux à la dérobée. Je répétai mon geste plusieurs fois, jusqu'à ce qu'elle commence à s'éveiller à ma présence. Une fois qu'elle eût relevé la tête puis qu'elle l'eût tournée de mon côté, je lui souris. Comme elle était encore livide, je dis sans trop y croire moi-même :

- Ça ira, avec un peu de chance, ils finiront par nous relâcher tous sains et saufs, hein, peut-être bien?!

Pour m'être agréable, elle se força à sourire une seconde. Puis elle reprit son air de défunte. Je me détournai d'elle, et plongeai mon regard à travers les vitres.

On entrait sur la grande route de Kabylie. En roulant tout droit, on accède au pays berbère, avec Tizi-Ouzou, Azazga... La principale bifurcation dessert Constantine, Sétif et quelques autres villes de l'Est. Mais on n'en était pas là. Le bus passa à la vitesse supérieure. Grisés, nos ravisseurs convergèrent en bloc près du chauffeur.

Enfin ils semblaient éloignés pour un temps et occupés à autre chose qu'à nous surveiller. Comme prévu, je profitai de l'opportunité pour frapper sous le siège de mon voisin de devant.

- Pstt, pstt!

- Oui?

- Ils n'ont pas été tendres avec vous autres!

- C'est qu'à nous quatre, nous formons une association...

- De quel genre?

Il tourna la tête rapidement sur moi, le temps, sans doute, de savoir si je pouvais lui inspirer confiance ou pas. Après examen, il parut rassuré.

- D'un genre que ces messieurs n'apprécient pas : nous assistons les femmes qui connaissent l'épreuve du divorce, nous luttons au coude à coude avec elles, avant et même après la barre, pour l'obtention et l'application de leurs droits les plus élémentaires. Voilà notre crime!

- Alors s'ils ont choisi ce bus plutôt qu'un autre, ce n'est pas un hasard!

- Il n'y pas de hasard avec eux, nous les démangions depuis un moment, et ils nous envoyaient fréquemment des lettres de menace. Alors parler de hasard! Non. D'autant qu'aujourd'hui nous nous rendons à un colloque qui se déroule à Tizi-Ouzou et qui doit débattre justement de la question de la femme dans la société algérienne. Ils l'auront su, voilà tout!

- Comment se fait-il?

- Là est notre erreur, c'est un colloque tout ce qu'il y a de plus officiel.

Nous nous étions arrêtés de parler. Nous gardions un œil sur nos ravisseurs, et nous sentions qu'ils pouvaient nous surprendre en pleine discussion. En effet, bien qu'ils n'aient pas encore bougé, ils ne semblaient déjà plus axés sur le même centre d'intérêt; au moins une moitié d'entre eux ne tarderait pas à refluer pour ne pas risquer plus longtemps que quelque chose se trame dans leur dos — bien que, pauvre de nous, nous soyons, du moins pour lors, incapables de la moindre rébellion! Je les entendais : ils parlaient à voix basse et à tour de rôle, mais ils se débarrassaient de leurs paroles comme si elles étaient les dernières du moment. Le reflux s'amorçait. Bientôt, le chauve — celui-là même qui nous avait braqués, Marie, Nadia et moi — se retourna et commença, seul, à revenir vers le fond du bus.

Il avançait d'un train étrange; chacun de ses pas avait son poids de silence, d'inquiétude; et pour nous tétaniser plus encore, il lançait parfois, sur une tête ou une autre, un regard oblique qu'il s'efforçait de rendre le plus torve possible. Tel un héron repu qui, dans son marais, au hasard de ses errances, a encore la cruauté d'effaroucher les bêtes qu'il rencontre. Heureusement pour nous, le chauve allait être dérangé dans sa danse féroce : son chef venait le rejoindre.

Dès que le chauve le sentit arriver dans son dos, il sembla oublier qu'il s'était détaché pour faire des siennes, et l'on put voir alors un personnage très différent : l'approche de son supérieur ne fit pas naître en lui quelque soudain relent de bonté — au contraire, elle exaltait la haine qu'on pouvait lire à la flamme qui crépitait dans ses yeux —, mais elle l'obligea à changer la façon étrange avec laquelle il progressait une seconde auparavant. Il calqua fidèlement sa démarche sur celle de son émir — l'homme dont les gestes et les paroles avaient force péremptoire.

Arrivés à peu près au centre du bus, ils s'immobilisèrent côte à côte. Là, l'émir se pencha pour chuchoter quelque chose à l'oreille de son complice. Ce dernier l'écouta sans que rien ne transparaisse sur ses traits. Le chef se redressa à la fin de son message. Le chauve esquissa alors un rapide mouvement de la tête, de haut en bas, comme pour lui dire : “Reçu cinq sur cinq!” et reprit sa marche en notre direction.

Il venait d'une allure franche, décidée, et, en même temps, il nous fusillait du regard. J'avais très peur, car je savais que s'il se rapprochait ainsi, c'était dessein en tête. Tous ceux qui se trouvaient à l'arrière partageaient la même angoisse. On ne savait pas ce qu'il nous voulait exactement, mais on imaginait le pire : peut-être venait-il égorger quelques-uns d'entre nous, pour souligner la détermination du groupe...

Je sentais mon pouls s'accélérer. Nadia était pâle comme une morte, et Marie, quant à elle, était quasiment au bord de l'évanouissement. Si je n'avais pas été là, à côté d'elle, pour parer sa chute, elle se serait sans doute effondrée sur la banquette tout d'un bloc. Il arrivait. Il était là, debout, juste en face de moi. De près, sa tête me parut avoir doublé de volume. Et j'eus même l'impression qu'elle tendait encore à grossir.

Il me regarda sévèrement. Il avait un léger goitre qui paraissait donner d'avantage de champ à son visage, et par là même à sa colère.

- Tu as une pièce d'identité? hurla-t-il soudainement. Dis, hein?!

Je sursautai... puis, pour ne pas ajouter à son énervement, je m'empressai de me pencher sur mon sac de voyage posé à mes pieds, ouvris la plus petite des deux poches, en retirai une sacoche de cuir noir où il y avait tous mes papiers et la lui tendis.

Il me l'arracha vertement des mains.

- Ça te fatiguerait peut-être de l'ouvrir, cette sacoche, et d'en retirer toi-même tes papiers!, me sermonna-t-il.

Il enfouit son couteau dans une poche intérieure de sa chemise de toile, qu'il portait déboutonnée. Les deux mains maintenant libres, il commença à fourrager dans mes papiers. Ses doigts travaillaient nerveusement, s'arrêtant pour laisser plonger un œil à la fois sentencieux et indiscret. Après qu'il eût froissé maints documents et photos, il finit par brandir mon passeport.

- Un passeport français, constata-t-il, hum... hum!

Il commença à le feuilleter, tout en levant de temps en temps les yeux sur moi.

- Julien! lit-il d'un air franchement étonné. Tiens, si je m'attendais!...

- Ma mère est française, dis-je.

- Et ton père?

- Algérien.

- Mustapha, Mahmoud, Rachid, vous avez entendu ça! dit-il en se retournant vers ses camarades. Nous avons un bâtard parmi nous, un bâtard!

Des rires fusèrent à l'avant. C'étaient le barbu et l'albinos.

L'émir, lui, nous regardait presque impassible, avec seulement une pointe de curiosité dans son œil de chacal. Le chauve se tut et me fixa profondément, les yeux dans les yeux.

Bâtard, le mot résonnait encore et encore dans ma tête. S'il savait de quoi je l'aurais traité, moi, si j'étais en position de le faire! Pourvu qu'il se tire et me foute la paix!, me dis-je. Mais il restait planté là à me regarder. Acculé dans mon for intérieur par son regard assassin, je priai pour que quelque chose nous libère enfin de cet enfer, un miracle que je ne me risquais pas à imaginer sous une forme précise, j'espérais simplement et continûment. Cependant, j'étais conscient que si la roue devait tourner à notre avantage, ce ne serait pas tout de suite. Je nous voyais embarqués dans le malheur pour longtemps encore. Mais je ne cessais pas de prier, ça m'occupait l'esprit et ça m'aidait à endurer la présence de ce gars. J'en avais besoin car il ne parlait toujours pas et ça m'inquiétait de plus en plus. Même ses insultes de tout à l'heure, comparées à son mutisme actuel, me paraissaient plus rassurantes.

Il devinait la peur qui me serrait le ventre et semblait en jouir. Il pivota pour un nouveau face à face avec les siens, et resta ainsi un bon moment afin d'attirer leur attention. Comme lui, je braquai mes yeux sur sa bande. Toujours debout au milieu de l'autocar, le chef ne nous jetait plus que de rares coups d'œil, car, chose étrange, il était en train de se rouler un joint! Par contre, les deux autres nous regardaient, pleins d'intérêt, et en oubliaient même un peu le chauffeur.

Se retournant vers moi, le chauve me considéra avec mépris, puis, soucieux de répondre à la curiosité qu'il avait suscitée autour de ma personne, il dit sèchement :

- Et toi, tu te sens algérien ou français?

Je me sentais algérien et français tout à la fois... L'idée de faire passer une identité avant l'autre ne m'était jamais venue à l'esprit, mais là ma vie était en danger et, bien qu'il me soit difficile de m'entendre, c'est sans la moindre hésitation que je répondis :

- Algérien.

- Toi, te sentir plus algérien que français! ricana-t-il. Et pendant qu'on y est, dis-moi aussi que ton père est un pieux musulman!

- Parfaitement, m'enhardis-je dans le mensonge, il fait sa prière et respecte le mois du jeûne. Et ce n'est pas tout, car il compte faire aussi le hadj : "Si Dieu me prête vie, je le ferai", qu'il me répète toujours, mon père.

- Menteur, menteur, et même si ce que tu me dis est vrai, ton père mérite quand même qu'on lui tranche la gorge! Qu'il épouse une kofara, passe encore, mais qu'il donne à son fils un prénom chrétien!

Il brailla encore deux ou trois insanités tournant autour de mon prénom et, dans un courroux qui me fit frissonner, jeta ma sacoche et mon passeport à mes pieds, juste à côté de mon sac de voyage. Je me penchai pour les ramasser, pendant qu'il se plantait face à une Marie plus blême que jamais.

- Et toi, t'es aussi française, je suppose! maugréa-t-il.

- Oui, française, dit-elle à mi-voix.

- C'est ma belle-sœur, dit Nadia.

- Toi, la mad'moiselle, je ne t'ai encore rien demandé que je sache!, ironisa-t-il en faisant un pas qui le conduisit juste devant elle.

- Euh, euh…

Elle semblait vouloir placer un mot, s'y essaya même encore plusieurs fois, mais n'y parvint pas. Car le regard du chauve se promenait sur tous les recoins de son corps et la mettait bien trop mal pour qu'elle puisse rétorquer quoi que ce soit. Elle suait et était même prise de tressaillements quasi électriques. Et bientôt, elle baigna dans un ruissellement de gouttelettes si important que son soutien-gorge et son mince tee-shirt, trempés, laissaient transparaître la pointe adolescente de ses seins. Le malaise criant de la jeune fille eût ému bien des âmes, mais pas notre homme, au contraire il devait se complimenter en lui-même de ce qu'il réussissait là. Ça ne faisait que préparer le terrain à sa voix — une voix sèche et si empreinte d'ironie qu'elle en paraissait nasillarde :

- Oh!, la mad'moiselle, alors comme ça on a peur! Tu connais la peur, mais la honte, naturellement, tu connais pas! Si tu connaissais, probable que tu traînerais pas accoutrée comme tu l'es. Le hidjab, j'imagine qu'on te l'a pas appris, hein?!

Hormis son air troublé, elle paraissait sans réaction, malgré tout ce qu'il lui disait pour la blesser. Exaspéré, il l'attaqua de façon plus directe.

- Oh!, la mad'moiselle, est-ce que tu te rends compte de quoi tu as l'air, dis, hein?! Hé bien, je vais te le dire, moi : tu as l'air d'une kahba, oui une kahba! Ta belle-sœur, bon, c'est une Française, mais toi...

Elle s'effondra sous l'invective, son visage se contracta — moins qu'il n'aurait dû, car elle faisait mille efforts pour rester digne —, et son œil libéra quelques larmes qu'elle s'empressa d'essuyer d'un revers de main.

Le chauve montra sa satisfaction de l'avoir ainsi touchée, en riant aux éclats. Son rire n'avait rien d'académique. C'était une série d'explosions, comme un entrechoquement de pierres ramenées du fond des âges. Il demeura un bon moment à s'esclaffer ainsi. Puis, sans doute parce qu'il avait obtenu ce qu'il voulait, il repartit vers son chef qui l'accueillit en lui donnant une amicale tape sur la joue et en lui offrant son joint à peine entamé.

La cigarette de hachisch entre les doigts, le chauve se mit à fumer d'une façon curieuse. On l'aurait crû grandi par les bouffées avalées. En fait, parce que ce privilège lui avait été cédé par son supérieur et qu'il voyait la chose comme son propre sacre, il voulait exprimer son allégeance par une attitude neuve : lui qui avait d'ordinaire le dos légèrement courbé, et qui ne pouvait faire autrement parce que telle était sa nature, trouvait là, sous l'effet d'on ne sait quel sortilège, les forces miraculeuses qui redressaient sa colonne vertébrale.

La fumée s'élevant en spirale au-dessus de sa tête semblait lui servir d'auréole, et il lorgnait dessus comme un pauvre sur quelque or. Par contre, mêlée aux odeurs d'essence, cette même fumée nous polluait l'atmosphère; pas au point qu'on en souffre, heureusement, car pour l'essentiel ses volutes étaient aspirées par les nombreuses vitres ouvertes. Elle ne devait vraiment gêner que la poignée de ceux qui se trouvaient à proximité du fumeur. Ces gens, sans doute par peur, supportaient leur calvaire sans montrer le moindre signe de gêne. Parmi eux, je reconnus, assis côte à côte sur la rangée gauche, le couple de vieux à qui j'avais faillis faire la conversation.

Je regardai ma montre. Les aiguilles indiquaient 18 heures 30. Cela faisait donc un peu plus d'une heure et demie qu'on était otages dans ce maudit bus. Je restai comme hypnotisé par le cadran une bonne minute. Quand je relevai les yeux, le chef des terroristes avait rejoint ses deux camarades de devant, près du chauffeur. Le chauve, lui, était resté au même endroit : seul, il aspirait les dernières bouffées de son pétard. J'eus alors envie de converser de nouveau avec mon imposant voisin. En fait, j'avais tout simplement besoin de parler à quelqu'un. Mais mon choix était limité : tous les autres voyageurs affichaient une aphasie totale.

Cependant, un problème se posait : le chauve était assez près pour nous entendre. Je me disais d'abord que chaque mot échangé serait susceptible de nous désigner, mais bien vite je réalisai que la drogue avait diminué son attention au moins de moitié! Du coup ça le reléguait à la même place que ses camarades, loin.

Rassuré, j'usai, comme je l'avais fait précédemment, de mon pied en guise de signal. M'ayant entendu, l'intéressé me glissa discrètement que ma propension à vouloir toujours parler nous ferait tuer tous les deux. Malgré ça, il se prêta à un échange au cours duquel j'appris notamment qu'il se prénommait Arezki et que la quinquagénaire figée à ses côtés était non seulement la présidente de leur association mais aussi sa propre mère.

Tout en parlant, je coulais quelques regards sur l'extérieur. Notre bus roulait, comme n'importe quel autre, parmi des voitures, des fourgonnettes et pas mal de camions. Mais pas un automobiliste ne semblait se douter de notre malheur. Regardant tous ces véhicules passer, indifférents, je nous sentais de plus en plus éloignés de la vie ordinaire, de plus en plus isolés. Alors une question s'imposa à mon esprit : où donc nous emmènent-ils ainsi? Je fis part de mon interrogation à Arezki.

- Tu remarqueras, me dit-il, que la route de Constantine est maintenant derrière nous. Donc, à moins d'un changement de dernière minute, nous nous enfonçons tout droit en Kabylie!

- Je ne comprends pas! C'était l'itinéraire prévu, non?

- Ben, tiens! et pendant que tu y es, attends-toi aussi à descendre au prochain arrêt avec leur au revoir!

- Alors?

- Alors!... tu connais la Kabylie aussi bien que moi, ses massifs, ses forêts; et tu sais sans doute que des bandes du GIA et de l'AIS y ont trouvé refuge!

- Tu penses donc qu'ils nous conduisent dans une de leurs caches, au milieu des bois?

- C'est ça, oui.

Il avait sans doute raison. Jusqu'à ces derniers temps, la Kabylie n'était quasiment pas touchée par les violences terroristes. Ses habitants ont toujours manifesté une vive répulsion à l'égard d'un projet de société dans lequel ils craignent de perdre, entre autres choses, leur idiome, le tamazight, au profit de l'arabe, langue sacrée du Coran. Mais une infiltration s'est opérée envers et contre tout. Petit à petit, la région, présentée habituellement comme le dernier bastion anti-intégriste, a fini par voir sa quiétude reléguée aux oubliettes. Le relief est une aubaine pour les terroristes en quête de bases de repli. Sur le terrain, les bandes armées renforcent leurs troupes en engageant de nouveaux tueurs, du même acabit que ceux enrôlés dans les autres wilayas du pays, c'est-à-dire souvent de petits marginaux, pour la plupart accros à la drogue ou à l'alcool et en mal d'une reconnaissance sociale que leur offre la bannière du djihad.

L'essentiel des troupes a éclos de la sorte; et je ne serais pas étonné qu'il en soit de même pour nos ravisseurs. Le fait que deux d'entre eux s'adonnent au hachisch devant nous était plus qu'un indice.

Le chauve avait maintenant écrasé sous son pied ce qui restait de son joint. Les trois autres tenaient conseil en sourdine, près d'un chauffeur docilement cramponné à son volant. Arezki et moi cessâmes bientôt toute communication, car le chauve nous paraissait de plus en plus présent.

Je glissai quelques regards vers les visages de Marie et de Nadia. Mais leurs traits ne me parlaient guère que de leur peur! Alors, pour éviter que leur inquiétude ne me renvoie à la mienne, je tentai de me concentrer sur le paysage.

Pour l'heure, notre route coupait une campagne criblée d'une infinité de points jaunes — des champs de melon à perte de vue où, par endroits, généralement sur des parcelles où les fruits étaient plus petits et d'un jaune moins vif, tremblait la courbe sempiternelle d'une arroseuse qui, vue d'ici, semblait toucher le ciel avant d'irriguer le sol. Rien ne séparait le bitume des terres, sinon, parfois, un bout de clôture en bois et barbelés, presque toujours si vermoulue et si défoncée qu'on se demandait à quoi elle pouvait bien servir! Ces barbelés projetèrent dans mon esprit l'image d'une prison; les geôliers étaient ces dévots qui nous avaient enlevés au nom d'Allah. Je voyais le monde avec l'émotion qu'ont les prisonniers qui regardent se lever le soleil à travers l'ouverture barreaudée de leur cellule alors que se prépare le procès qui doit les acquitter ou les condamner à la peine capitale.

Je me détournai du paysage, et promenai mon regard d'une tête à l'autre. Le chauve ayant rejoint ses camarades, nos ravisseurs conversaient maintenant tous les quatre ensemble. Au début, on ne comprenait quasiment rien à ce qui se débattait, mais à mesure que la discussion s'enflammait, les voix prirent forme. Et bientôt, on comprit même très bien. L'émir dit tout haut en fixant le barbu :

- Donc, c'est clair, on ne va pas se trimbaler tout ce peuple, quelques-uns, bien choisis, feront l'affaire!

Le barbu acquiesçait de la tête à chaque mot. C'était le plus menu de la bande et, de loin, il semblait toujours prêt à s'agiter : il fallait que ça bouge sinon il affichait un visage marqué de multiples crevasses; ses traits ne se détendaient que dans la colère, l'action. C'était une boule de nerfs qui n'attendait qu'un ordre de l'émir pour entrer en ébullition. D'ailleurs, à la façon dont ce dernier le regardait — de façon presque continue —, je compris que, le considérant sans doute comme le fidèle des fidèles, le compagnon et frère, il lui soumettait toujours ses idées, comme il le faisait maintenant, avant toute décision. Bien sûr, il savait que l'autre ne réfléchirait pas pour émettre un avis mais seulement pour devenir le moteur de l'action. Fidèle à son rôle, le barbu prit la parole sur un ton pressé :

- Alors, qu'est-ce qu'on attend? On fait descendre dans ce coin perdu la masse des gens inutiles et on garde les autres. Ceux qui restent s'imposent d'eux-mêmes par ce qu'ils sont ou font dans leur vie de tous les jours!

Je compris avec terreur qu'il faisait allusion à nous, c'est à dire Marie, Nadia et moi, ainsi que les quatre de l'association. L'émir le comprit aussi de la sorte, car il nous jeta un regard avant de se rapprocher du chauffeur et de lui ordonner d'une voix cinglante :

- Range ta carcasse de côté, et vite!

Le bus commença à sortir de la route. L'aménagement laissé pour les arrêts forcés étant étroit, notre véhicule empiéta sur un morceau de terre plat, fermé quelques mètres plus loin par un monticule. Les deux roues du côté droit s'enfoncèrent dans un sol si granuleux qu'un nuage de poussière s'en éleva. Surpris, le chauffeur navigua à l'aveuglette durant toute la manoeuvre de freinage. Juste à l'instant où l'autocar allait se stabiliser, une roue avant heurta un énorme pavé. Il en résulta une secousse violente. Voyant cela, l'émir se précipita sur le conducteur et lui cracha :

- Tu t'imaginais qu'en nous déboîtant une roue, tu nous ferais peur et que nous nous enfuirions en vous laissant libres comme l'air tous autant que vous êtes, c'est ça, hein?!

- Non, je jure que non! dit le chauffeur tout en s'essuyant la figure d'un revers de manche.

L'émir ne parut pas le croire et continua :

- Tu apprendras que faire le malin, ça ne marche pas avec moi, et je te préviens que si tu recommences un truc pareil... Il colla un index le long de son coup et exécuta un va-et-vient latéral pour lui signifier qu'à la prochaine erreur il n'hésiterait pas à l'égorger.

Puis tout se précipita. Le barbu vint près de nous et, par sa seule présence, dissipa définitivement l'idée que nous pourrions nous lever et partir, alors que ses camarades, pourtant, demandaient à ce que tous les voyageurs se mettent debout. Ni Marie, ni Nadia, ni moi, ni aucun du quatuor de l'association ne tenta de quitter sa place : nous nous savions choisis, condamnés à rester...

Pendant que nous nous résignions dans l'ombre du barbu, les trois autres terroristes regroupaient les passagers et les poussaient vers la porte de sortie. Dans la foule de ces heureux (une vingtaine environ), il y avait des gens de tout âge et de tout sexe, et même un moutard d'une dizaine d'années accompagné de son père. Quand fut descendu le dernier — un bossu maigrelet qui nous jeta, avant de s'engouffrer vers la liberté, un regard gros de compassion —, le chauffeur, sous l'œil pressant de l'émir, effectua une brusque marche arrière pour éviter le pavé de tout à l'heure et s'intercala à vive allure entre des automobilistes apparemment aveugles à ce qui se passait, ou s'ingéniant à l'être.

J'imaginais le soulagement de ceux qui venaient d'être libérés, leur bonheur à la pensée de retrouver leur famille, et les embrassades finales; et je nous voyais, nous, les derniers otages, transitant, durant des semaines, des mois, ou plus encore, dans les encoignures d'une kazmate cachée au fin fond d'une forêt perdue.

Après quelques centaines de mètres, nos ravisseurs exultèrent à l'unisson :

- Allah ou akbar, Allah ou akbar!

Jamais ils n'avaient paru plus fiers que maintenant, mais probablement qu'ils n'étaient pas aussi heureux qu'ils le laissaient paraître. S'ils avaient relâché la majorité des otages, c'était pour des raisons pratiques;

les guerriers qu'ils voulaient être regrettaient sans doute déjà ce qu'ils venaient de faire.

Ils se congratulèrent en se donnant des accolades. Leurs visages me semblaient plus allongés, les os saillaient, surtout chez l'émir. La mine sauvage, ils se croisaient en projetant des profils d'éperviers. Leurs gestes, d'abord vifs, devinrent très lents. La même étincelle haletait dans leurs yeux, elle était plus brillante et plus féroce quand elle se posait sur l'une de nos têtes. Bientôt, ils s'arrêtèrent presque de bouger. On aurait dit des statues habitées par quelque mauvais esprit. Je compris que le regret d'avoir lâché tant d'hommes et de femmes commençait à les tourmenter sérieusement. Mais, très vite, ils refoulèrent ce sentiment en se lançant dans une nouvelle série d'accolades, rythmée de temps en temps par le sacramentel “Allah ou akbar”. Qu'ils regrettent ou non leur geste, ils n'en étaient pas désunis pour autant, au contraire!

Et nous, marionnettes manipulées par la peur, face à ce bloc ennemi de plus en plus soudé, nous ne respirions plus qu'à demi. Nos maîtres s'imposaient comme tels et tiraient, versatiles, les ficelles de notre destin! Même la lumière du soleil semblait leur donner raison. Il devait être environ 20 heures : l'approche du soir et quelques nuages autour de la sphère enflammée avait terni son éclat blanc de tout à l'heure. La chaleur qu'elle dégageait, en revanche, ne nous paraissait pas très différente, car les degrés perdus étaient largement compensés par ceux que l'inquiétude nous donnait.

Le soleil ne tarderait pas à disparaître complètement. Dans le bus, les derniers rayons qui nous environnaient, tremblants, arachnéens, fusaient dans des clignements qui allaient en se raréfiant, tandis qu'à la place se tissaient, de fil en fil, les premières ombres. Bientôt, un linceul mi-sombre, mi-pâle, s'étendant depuis le car jusqu'à l'horizon, nous envelopperait. Mais pour l'heure on y voyait encore bien clair.

Depuis son redémarrage, l'autobus était comme pris de petits tremblements, car l'émir semblait exiger du chauffeur une allure vive. On se serait cru dans un navire sillonnant une mer agitée. Nos ravisseurs paraissaient insensibles à tout ça, ils nous regardaient, pérorant et riant; leurs mouvements étaient volontaires, alors que nous autres otages étions près de tomber à la moindre secousse. Ces hommes n'avaient rien d'humain, j'en avais de plus en plus l'intime certitude. Bientôt je vis même en eux des êtres fantastiques venus châtier les débauchés que nous étions sans le savoir. Rien ne pouvait leur résister et ils ne connaissaient pas la peur. Face à eux, que pouvions nous faire, nous autres pauvres êtres de chair et de sang? Ils étaient convaincus que Dieu était de leur côté. Comment Dieu pouvait-il ne pas être dans leur camp puisqu'ils combattaient en son nom?

Une larme quitta l'un de mes yeux. “Non, non!”, insistai-je en moi-même. Je voulais encore croire que c'étaient des salopards, d'ignobles salopards, capables des pires exactions mais susceptibles de crever comme nous tous ici, pourvu seulement que la maladie ou une balle des forces de sécurité ait décidé de leur heure.

Les visage étaient graves, plus encore qu'au moment de l'enlèvement. Je m'arrêtai longtemps sur celui de Nadia. Sa jeunesse, son allure, et plus particulièrement ses deux petits yeux — différents l'un de l'autre dans leur façon de bouger — me rappelaient un être cher à mon cœur. Elle s'appelait Leïla, et j'étais venu en Algérie spécialement pour elle. D'ailleurs depuis trois ans, date à laquelle je l'avais rencontrée, je faisais régulièrement le saut par-dessus la Méditerranée pour venir séjourner ici quelques semaines, voire quelques mois. Je ne refluais qu'une fois mon dernier centime dépensé. Et à peine étais-je de retour à Paris que je courrais aussitôt d'un petit boulot à l'autre, amassant ainsi, à grand renfort de privations, l'argent pour me payer un nouveau voyage et, ça allait de soi, de nouvelles retrouvailles avec Leïla.

Je l'avais rencontrée un après-midi de juin, sur la place du village. Le soleil était éclatant, et elle sortait d'une fourgonnette de transport public qui la ramenait du lycée. Elle était entourée d'une foule d'autres jeunes gens, lycéens eux aussi pour la plupart. Je l'ai abordée tout de suite, sans hésiter une seconde, mais tout de même en tremblant. Je ne me souviens plus au juste les mots que j'ai prononcés pour l'aborder, je me souviens seulement qu'elle a ri et qu'elle m'a très vite mis à l'aise.

Par la suite, je l'ai revue ici et là, au village ou dans les bourgades avoisinantes, et, petit à petit, j'ai fini par me faire aimer d'elle. Contrairement à moi, elle n'a pas eu le coup de foudre, du moins c'est ce qu'elle m'a dit, même si elle m'a trouvé un petit quelque chose dès le premier jour. Heureusement pour moi, son sentiment a pu grandir avec nos rencontres, sinon je crois que j'aurais pu devenir fou.

Le plus souvent, nos rendez-vous avaient lieu en pleine nature, en contrebas de la maison de mes grands-parents, sous un figuier enfoui dans une sorte de dépression qui se trouvait au milieu d'un champ à forte déclivité. Je nous revois nous aimant dans ce coin tranquille, comme retiré du monde : le feu de nos baisers à l'abri du vent, des ardeurs du soleil ou des regards indiscrets; les cigales distillant autour de nous le chant des beaux jours, tandis que la chair se donne, ou fuit dans un dans un grand éclat de rire; nous nous cherchons, nous nous retrouvons, et nous roulons dans un de ces lits de narcisses qui jonchent l'endroit; haletants, en sueur, nous revenons dans l'ombre que nous font les ramifications allongées du figuier planant au-dessus de nous…

J'entendis des pas crissant sur le plancher du bus. Je relevai un peu la tête et vis que l'émir se rapprochait, suivi par de ses acolytes, le chauve et l'albinos. Le barbu, quant à lui, demeurait debout près du chauffeur, afin de le tenir à l'œil.

Ils s'assirent juste devant Nadia. Le chauve et l'albinos, l'un à côté de l'autre, se carrèrent très profondément, s'assoupissant presque. Leur chef, lui, occupa à peine le rebord du siège et s'arrangea pour avoir la tête penchée, de façon à pouvoir regarder à loisir les quatre personnages de l'association, auxquels il semblait porter un intérêt tout particulier. Il avait un pied replié sous lui et l'autre allongé jusqu'à toucher le fauteuil où se tenait Arezki. Celui-ci, sentant ce contact, se raidit mais continua à regarder devant lui, pour ne pas avoir à rencontrer l'œil reptilien qui le fixait.

- Ho!, le gros!, s'écria soudain l'émir.

Arezki resta immobile, comme s'il n'avait rien entendu.

- Ho!, le gros!, répéta l'émir, avec un brin d'énervement.

Arezki tourna alors la tête en direction de l'ennemi et, les mots ne lui venant pas, pointa son index sur lui-même, l'air de dire : c'est moi que vous avez appelé?

- Oui, c'est à toi que j'ai causé, et quand je te parle, réponds-moi au lieu de me regarder avec des yeux de chien battu!

- Monsieur, dit Arezki, monsieur...

Il avala sa salive, essaya de balbutier quelque chose mais en vain. Il était désemparé. A un point tel que ses traits se tirèrent, et que ses pupilles s'effacèrent dans un tremblement qui lui secoua la mâchoire.

- T'es pas très fier, à ce que je vois, ricana l'émir, bien moins fier en tout cas que dans les tracts enflammés que distribue ton association de minables! T'es sans voix là, tu fais moins dans l'éloquence que sur les antennes de radio où on t'entend disserter sur les femelles et leurs soi-disant malheurs!

Les paroles de l'émir réveillèrent l'assoiffé de justice qu'était Arezki. Le danger était plus que palpable. Mais les idées lui tenaient trop à cœur pour qu'il laisse passer ça sans réagir. Il regarda son vis-à-vis, l'air ahuri mais volontaire. Et son visage commença à se détendre petit à petit. Au bout d'un moment — le temps sans doute de penser à ce qu'il dirait —, il parla le plus posément du monde, comme inconscient du danger :

- Monsieur, dans une société comme la nôtre, il arrive souvent que les hommes abusent du statut que leur confère la tradition. Par exemple, certains battent leur femme sans raison, d'autre dilapident la bourse de leur foyer dans l'alcool ou même dans les maisons closes. Alors, inévitablement, beaucoup de couples en viennent à rompre. Quand de tels cas arrivent à notre connaissance, nous essayons de faire en sorte que la femme ne soit pas lésée, qu'elle puisse continuer à voir ses enfants ou si possible qu'elle en ait la garde. Pour ça nous l'aidons à trouver un travail, un logement aussi. On fait ce qu'on peut quoi! Mais pour plus d'équité, il faudrait revoir...

- Il faudrait revoir quoi?, coupa l'émir avec feu, le code de la famille peut-être?!

Arezki fit oui de la tête.

- Mécréant! hurla l'émir en se levant brusquement. Tu sais tout comme moi que le code de la famille est inspiré de la charia! L'homme a tous les droits, la garde des enfants, tout, tout. Et c'est la vie quotidienne en général qui devrait être régie par la parole rapportée par Mohamed, tu entends, la vie quotidienne en général! Et ce n'est pas des petits pouilleux comme vous autres qui allez remettre en question les commandements d'Allah!

Arezki se retrouva de nouveau, complètement désemparé. Il était allé trop loin dans ses propos, et il en prenait soudain conscience. A présent, il regardait l'émir comme un homme qui se trouve face à face avec la mort après l'avoir longtemps ignorée. Son visage exprimait le souhait d'être sinon approuvé du moins compris. Il resta ainsi pétrifié durant quelques secondes, puis il essaya finalement de réparer son erreur :

- Je ne voulais pas, ou plutôt je voulais juste…

Un événement imprévu le tira d'affaire. De son avant-poste, le barbu cria de toute la force de sa voix :

- Un barrage de ninjas, un barrage de ninjas!

Le chauve et l'albinos se levèrent brusquement, jetèrent un œil hagard à leur supérieur, et coururent rejoindre le barbu. L'émir les suivit. Une fois qu'ils furent tous ensemble face au pare-brise avant, ils regardèrent et virent, en effet, les silhouettes bleues et sombres des forces spéciales : cagoulés, la kalachnikov sous le bras, trois hommes empiétaient sur la chaussée, prêts à arrêter et à fouiller tout véhicule suspect. De deux choses l'une : soit c'était un barrage comme on en trouve tous les jours sur les routes, soit ces hommes nous attendaient spécialement parce qu'un coup de fil de dernière minute les avait avertis de notre passage.

L'émir sembla pencher pour la seconde hypothèse, car il dit sur un ton excédé :

- On n'aurait jamais dû relâcher ces otages, c'est ce qui leur a permis de nous localiser! Qu'est-ce qui nous a pris de faire ça, bon sang?!

Et il hocha la tête avant de se reconcentrer, à l'instar de ses camarades, sur la distance qui nous séparait des policiers : deux ou trois cents mètres qui s'effilochaient à vue d'œil.

Rien de tout cela ne réjouissait personne, car la mort pouvait frapper n'importe lequel d'entre nous, et elle pouvait venir d'un camp comme de l'autre, dans la confusion d'un affrontement qui ne faisait plus doute.

La circulation ralentit considérablement. Une vingtaine de véhicules nous précédaient, dont un énorme camion-citerne qui était juste devant nous. Ces automobilistes savaient par cœur, tous autant qu'ils étaient, les gestes qu'ils leur fallait enchaîner dans une semblable situation, car ce n'était certainement pas le premier contrôle de gendarmerie qu'ils rencontraient. La règle est simple : arriver au niveau du barrage en première, fixer les gendarmes droit dans les yeux — un regard fuyant passe pour suspect — et, si ceux-ci n'adressent aucun signe, passer sans demander son reste.

Le chauffeur se retourna plusieurs fois vers nos geôliers, le visage terriblement inquiet, l'air de leur dire : qu'est-ce que le dois faire? Avec un sang froid étonnant, l'émir lui ordonna par-dessus l'épaule du barbu :

- Continue d'avancer, mais gare à toi si tu fais quoi que ce soit qui va à l'encontre de nos intérêts!

Moins d'une centaine de mètres nous séparaient du barrage. Et bientôt rien qu'une cinquantaine, une trentaine... puis seulement cet énorme camion-citerne qui nous devançait d'un tour de roue, et qui maintenant nous cachait les trois hommes cagoulés. Roulant en sous-régime, le camion cala. Une première tentative de redémarrage échoua; à la seconde, il repartit en vrombissant de tous ses pistons.

D'instinct les quatre personnages de l'association s'aplatirent contre le plancher du bus, Arezki en premier. Marie et Nadia les imitèrent après m'avoir invité du regard à faire de même. Mais je décidai de demeurer à la même place : je me mis en boule dans l'encoignure tout en conservant un œil sur la vitre, afin de voir ce qui allait se passer. Pendant ce temps-là, nos ravisseurs convinrent, sans qu'ils aient à se parler, de la stratégie à adopter : derrière le conducteur, l'émir et le barbu se concentraient de tous leurs membres sur le canon de leur arme qu'ils pointèrent, sans le moindre tremblement, en direction du pare-brise, tandis que l'albinos, en retrait de quelques pas, les couvrait dans une position plus latérale; quant au chauve, qui était le seul à n'avoir pas d'arme à feu, il alla s'aplatir au milieu de l'autocar, la tête tournée vers ses compagnons.

Soudain, l'arrière du camion s'effaça et exposa les ninjas à la pluie de balles des terroristes qui s'abattit instantanément et qui, dans la seconde, foudroya d'eux d'entre eux. Le survivant se saisit en plein vol d'un de ses camarades morts, s'en servit comme d'un bouclier, et riposta comme dix avec sa kalachnikov. Des éclats de vitre volèrent de tous côtés.

Pris de panique, le conducteur arrêta le car puis tenta de quitter son fauteuil. Mais à peine avait-il dégagé un pied qu'il s'effondra sans vie, touché au milieu du front par une balle perdue. Il fut suivi de près par l'albinos qui, lui, eut le ventre complètement mitraillé par une rafale.

- Couvrez moi, je me change de conduire ce bus moi-même!, cria le chauve.

Sur ce, les échanges de coups de feu redoublèrent. Profitant de ce raffut, le chauve, tantôt à quatre pattes, tantôt par reptation, progressait vers son but. Au passage, il embarqua le pistolet de son défunt compagnon et le rangea dans la poche intérieure de sa chemise, à la même place que son couteau. Il arriva ensuite derrière l'émir et le barbu, attendit que ceux-ci s'écartent, puis accéda au conducteur. Il tâta le corps inerte et se saisit de la jambe qui pendait sur le côté pour le tirer à lui, avant de l'enjamber et de s'emparer du siège vide, à la manière d'un lézard, en collant au dossier et à l'appui-bras.

Aussitôt qu'il se fût familiarisé avec les commandes — une dizaine de secondes, qu'il dût trouver bien longues —, il remit la mécanique en marche. Et le ninja, dissimulé derrière son bouclier de chair, ne fut bientôt plus qu'une tache bleu nuit crachant de petites flammes.

Se sentant alors libre de ses mouvements, l'émir prit le cadavre du chauffeur et, rageur, le jeta, tête la première, à travers le pare-brise avant, qui avait presque entièrement volé en éclats lors des échanges de coups de feu. On entendit la chute du corps et le frottement qui s'ensuivit quand il passa sous les roues.

Encore quelques secondes, et nos ravisseurs hurlèrent à l'unisson leur formule préférée : “Allah ou akbar!”

Les otages reprirent un à un leur posture initiale, en ayant soin d'écarter les morceaux de verre qui s'étaient éparpillés partout. Pour ma part, je n'eus qu'à redresser le buste et détendre un peu mes pieds pour me retrouver assis comme auparavant, avec cette différence toutefois : j'avais les jambes toute tremblantes. Il faut dire que rien de ce qui venait de se passer ne m'avait échappé et que j'en étais imprégné à un tel point que je n'arrêtais pas de me repasser ces scènes d'horreur et de haine où les balles volaient comme des mouches. Pour que cela cesse, je me carrai très profondément, jusqu'à sentir la banquette coller à ma transpiration. J'espérais que mes maux, mon inquiétude diminueraient au rythme de ces gouttelettes absorbées par la moleskine.

Je restai un moment sans faire le moindre geste, m'efforçant d'imposer le vide à mon esprit, mais sans succès. Je tournai alors la tête légèrement sur ma gauche, afin d'entrevoir le sentiment de mes deux voisines. Je remarquai leurs pupilles dépourvues d'étincelle, leurs traits sensiblement plus vagues et comme tirés vers le bas. Autour de nous planait cette mort de tous les instants qui, après cet affrontement, ne laissait plus de place à la vie.

A leur tour, Marie et Nadia me regardèrent. Mais pas un mouvement de paupière : leur regard était toujours aussi flottant. Je sentais qu'elles voulaient me parler mais qu'elles ne pouvaient pas, trop secouées encore par ce qu'elles venaient de vivre. Pourtant, elles avaient tenu les yeux fermés durant tout lc combat. Et même après, elles avaient attendu un peu pour les ouvrir. En fait, elles s'étaient relevées juste au moment où l'émir avait fait passer le corps du chauffeur à travers le pare-brise. Peut-être que c'était précisément cette image qui semait encore le trouble en elles. Sans doute auraient-elles préféré rouvrir les yeux sur les cadavres de tous nos ravisseurs. Qu'un seul d'entre eux eût perdu la vie n'était pas une chose franchement réjouissante. Même s'ils étaient moins nombreux, ils n'en étaient pas moins dangereux, et nous pas moins inquiets. Au contraire! Car le chagrin que devait leur causer cette perte avait dû faire naître en eux un sentiment de vengeance qui pouvait à n'importe quel moment se retourner contre nous.

Notre vie ne tenait qu'à un fil : l'humeur de ces hommes, en particulier celle de l'émir, sur qui je m'étais à nouveau concentré. En le regardant je sentis un frisson qui faillit me faire perdre connaissance. Je continuais néanmoins à le fixer. Mais l'homme à la chéchia ne me prêtait, lui, aucune attention. Il s'était mis à genoux aux côtés du cadavre de l'albinos et ne regardait que sa tête pâle et ronde étendue contre le plancher du bus.

Au bout d'un moment, il s'agita pour plonger une main dans l'une des nombreuses poches que contenait sa veste de toile — un vêtement gris et ample mais si mince qu'il avait plutôt les allures d'une grande chemise. Il en retira un exemplaire petit format du Coran qu'il tint serré le temps d'une courte méditation. Ensuite, il ouvrit le livre sacré, tourna quelques pages, puis lut tout haut des versets qui parlaient de la mort. A mesure qu'il avançait dans sa psalmodie, sa voix, tout en conservant le même ton, semblait prendre de plus en plus d'envergure.

Il était un peu plus de 20 heures 30. Le soleil avait disparu, laissant place à une clarté vespérale venue de nulle part pour organiser la nuit selon ses éclats métalliques. Les premières étoiles étaient apparues sur une moitié du ciel mais, dissimulées comme sous une pellicule d'acier, elles étaient à peine visibles.

La vitesse du bus augmenta soudain, du moins me sembla-t-il. L'émir continuait sa lecture, avec toujours plus de concentration dans la voix. Et au bout d'un moment, l'homme s'effaça, devenant une source de mots qui coulaient de sa bouche, une mécanique à prier. Quand il eut terminé son requiem, il replongea le Coran dans la poche d'où il l'avait sorti, puis fit un pas fébrile qui le mit face à face avec le barbu. Là, il tâta plusieurs poches de sa veste, plongea une main dans l'une d'elle et en sortit une poignée de bandeaux qu'il tendit à son compagnon en lui disant :

- C'est le moment, va leur bander les yeux!

Le barbu prit cet enchevêtrement de tissus et, contournant son supérieur, vint vers nous à grands pas. Absorbé par ce qu'il allait faire, il heurta le mort en l'enjambant. Il arriva près de nous très énervé, comme s'il nous rendait responsable du coup qu'il avait porté au défunt. Il nous distribua à chacun une longue bande noire. Ensuite il se redressa vigoureusement et nous dévisagea un à un, puis recula d'un ou deux pas afin de nous contenir en bloc dans son champ de vision. Affichant une mine sévère, il nous ordonna :

- Couvrez vous les yeux, et bien! Si quelqu'un laisse dépasser ne serait-ce que le blanc de l'œil, je le crève, mettez-vous bien ça dans le crâne!

Sur ce, il s'en retourna vers ses deux compagnons, et nous nous empressâmes d'obéir sans chercher à poser de question. Son exigence ne nous effraya pas, au contraire, la chose avait même un côté rassurant : elle sous-entendait qu'ils pourraient nous relâcher et qu'ils tenaient simplement à ce que nous ne nous rappellions pas le chemin conduisant à leur cache. Nous ne le voulions pas plus qu'eux, la seule chose qui nous importait c'était notre vie.

Le bandeau sur les yeux, je ne me raccrochais qu'à cet espoir : ils nous relâcheront, ils nous relâcheront... J'aurais aimé partager mon optimisme d'alors avec un de mes compagnons d'infortune. Mais je choisis de m'abstenir, car avec le bandeau la donne était modifiée : nous ne pouvions plus évaluer qu'imparfaitement la distance qui nous séparait de nos ravisseurs. Et, même localisé au bon endroit, le groupe pouvait à tout moment désigner quelqu'un pour venir nous écouter à notre insu, et pour peu que le choix se porte sur ce félin qu'était le chauve et il nous serait difficile sinon impossible de suspecter son approche.

La jambe de Marie m'effleurait de temps en temps. Même si je ne cherchais pas ce contact, je ne l'appelais pas moins de mes vœux. Tout ce qui pouvait me sortir un peu du noir était bon à ressentir, surtout quand le monde se mettait à exister autrement que par les bruits qui nous entouraient. Et cela ne pouvait pas se faire de trente mille manières. Cependant, je ne cherchais pas à fuir cet univers de sons, je m'efforçais au contraire de le dompter. Et à force de prêter l'oreille, je réussis même à déchiffrer un certain nombre de petites choses, celles qui m'interpellaient le plus, presque continuellement les mêmes : c'était le vent qui sifflait par les vitres brisées; c'étaient les voix de nos ravisseurs qui se faisaient entendre sporadiquement sous forme de phrases très courtes quand ce n'étaient pas des onomatopées; c'était le grondement du moteur, et bien sûr la respiration des otages — une respiration rapide et rauque comme celle de sprinters qui ne se seraient pas remis de leur course. Deux heures, peut-être un peu moins, s'écoulèrent ainsi sans changement notable.

Mais, soudain, le ronflement du bus se fit plus nerveux, alors même que — à en croire le courant d'air devenu, lui, moins violent — sa vitesse s'était réduite. Les secousses devenaient plus fréquentes et plus brusques. Et les essieux de l'autocar paraissaient craquer à chaque bond. En même temps j'eus l'impression qu'un poids me tirait vers l'arrière et qu'il se faisait de plus en plus lourd. Toutes ces modifications me firent penser qu'on empruntait là une route caillouteuse et escarpée. Une trentaine de minutes s'écoulèrent, et la vitesse du bus se réduisit encore. Nous étions probablement arrivés sur un col difficile et isolé.

Mais très vite le bus parut reprendre une allure à peu près normale, les balancements se firent moins nombreux, et le poids qui m'écrasait contre mon dossier s'allégea. Tout ça sans doute parce que les principales côtes à grimper étaient maintenant derrière nous.

Nos ravisseurs venaient d'entrer dans une assez longue discussion. Chacun avait son mot à dire, mais la voix du chef s'imposait, comme toujours. Je ne comprenais rien à ce qui se disait, malgré une attention mille fois renouvelée. Ils parlaient beaucoup trop doucement pour ça. Et avec ce tissu sur les yeux, que je supportais maintenant de moins en moins, mes derniers sens commençaient à me lâcher. Depuis peu, j'avais même un mal de tête qui allait en s'amplifiant. Fort heureusement, l'émir s'écria bientôt avec force :

- Vous pouvez enlever vos bandeaux, si ça vous dit!

J'enlevai l'étoffe qui m'aveuglait, une seconde avant les autres. Pour autant, je ne recouvrai pas tout de suite la vue. Je me frottai les orbites. Une fois. Deux fois. Et le brouillard qui m'alourdissait les paupières s'évacua enfin.

Près de moi, Marie et Nadia affichaient un visage hébété, exsangue même. Arezki se retourna rapidement vers nous. Sa mère l'imita. Puis ses deux amis. Mais aucun message dans leurs traits. La seule chose que je remarquai, c'était ce qu'ils avaient tous les quatre en commun : des yeux grands ouverts qu'ils s'efforçaient d'élargir plus encore que ne leur permettait la nature. Sans doute que, comme moi, ils avaient hâte d'oublier la cécité dans laquelle on nous avait plongés et quêtaient leurs premiers repères. Le ciel, qui brillait maintenant de toutes ses étoiles, nous permettait de voir assez distinctement.

Notre route coupait un paysage forestier. Le goudron était probablement très vieux, car, à plusieurs reprises, je sentis que les roues s'enfonçaient dans des mares de gravillon. On croisa un berger qui s'en revenait de quelque haut pacage, accompagné de son chien — un sloughi fin et élancé — et de son troupeau de chèvres.

Nos ravisseurs observaient un silence inquiétant. Et ils ne bougeaient pratiquement plus, à l'exception du chauffeur qui se retournait de temps en temps sur ses camarades. L'émir et le barbu avaient les yeux rivés sur le cadavre. On aurait dit que tous les trois avaient soudain oublié notre existence. L'émir releva la tête et surprit mon regard qui violait leur intimité. Je fis aussitôt mine de me ronger les ongles. Il ne dit rien. Mais son visage tendu et ses lèvres crispées ne m'inspiraient pas grand chose de bon.

Je coulai un regard sur mes deux voisines. Leurs yeux manquaient singulièrement de vie. C'était comme si le bandeau ne les avait jamais quittés. Elles étaient comme des oiseaux auxquels on aurait ouvert la porte de leur cage mais qui, trop habitués à leur prison, hésitent longtemps avant de franchir le seuil de la liberté.

Je ne sais pas pourquoi mais je ne pouvais fixer mon regard plus d'une minute sur la même chose. Ma curiosité m'entraînait, et moi je suivais, comme un piston qui suit le mouvement de la machine, sans la moindre émotion. Tantôt à gauche. Tantôt à droite. Et même derrière moi, à travers un pare-brise criblé de balles mais encore en un seul morceau, contrairement à la plupart des vitres. Cependant, j'évitais de trop braquer mes yeux vers l'avant du véhicule, à cause du chef dont je voulais éviter de croiser le regard.

Je me concentrai tout entier sur les éclats coupants qui restaient accrochés à leur cadre. Au début je ne poussai pas l'œil plus loin, sautant d'un bout de verre à un autre et m'hypnotisant à chaque fois quelques instants. Mais bientôt je délaissai ces formes sculptées par les balles pour promener mon regard sur les bas-côtés de la route. Puis je relevai un peu la tête. Je distinguai, au loin, dominant les espaces boisés, une ceinture rocheuse dans les interstices de laquelle tremblait une flambée de nuages noirs aux coulures pourpres.

On était à 1500 mètres, peut-être plus. Sans doute dans une contrée isolée des montagnes du Djurdjura.

Mais l'endroit n'était pas si désert car, dans ce défilé d'aspérités, pointait, de temps à autre, à distance plus ou moins éloignée, un dessus de colline illuminé qui nous annonçait la présence d'un village.

Le bus réduisit soudain sa vitesse, puis se rapprocha progressivement du bas-côté droit. Il y avait là, tout près, entre deux îlots d'érables, un grand terrain bien dégagé. Le véhicule marqua brutalement l'arrêt. La manœuvre provoqua un crissement sourd et, sans doute parce qu'une roue était sortie du goudron, fit s'affaisser la tête de l'autocar.

Marie et Nadia jumelèrent un regard rempli d'effroi à mon intention. Mais je ne sus quoi leur dire ni même quelle attitude adopter pour les rassurer. Le chauve délaissa son volant et, se retournant vers ses compagnons, présenta un regard interrogateur dans un visage alourdi par le poids d'une décision qu'il ne voulait pas prendre sans l'accord de son supérieur, un peu comme un boxeur qui ne voit plus qu'une seule tactique pour se défaire de son adversaire mais qui attend pour l'appliquer que son entraîneur la lui souffle.

- On s'arrête ici!, dit l'émir avec dans la voix le ton évident de celui qui espère le contraire de ce qu'il se résigne à dire.

- Non, le terrain est assez bon, même pour une ferraille comme celle-ci, dit le barbu. Il suffit de rouler doucement et de faire un peu attention.

- Si rien ne nous fait obstacle. On attend quoi, alors?

- Puisque personne n'y voit d'inconvénient…

Le chauve se remit à son volant et réenclencha une vitesse. Le moteur gronda un moment, puis l'autobus se remit en marche et commença à s'enfoncer dans le champ à une allure d'escargot. En quittant la chaussée, le véhicule fut pris de tremblements. Jamais les écarts ne furent aussi brusques. Des morceaux de verre ne cessèrent de tomber durant le trajet, cédant ici et là sous la violence des secousses. On slaloma entre des arbres et des haies, et, au bout d'une centaine de mètres, on arriva à une sorte de clairière à l'orée de la forêt.

Je pensai tout d'abord que le voyage s'arrêtait ici et qu'ils ne tarderaient pas à nous faire marcher jusqu'à leur cache, que je supposais toute proche, dissimulée quelque part dans la végétation environnante. Mais très vite je rejetai cette hypothèse car, en tournant la tête par hasard sur ma gauche, je vis par-dessus l'épaule de Nadia qu'on avait dépassé un certain nombre de petites élévations — des tertres funéraires sous lesquels devaient reposer des terroristes morts au combat, et aux côtés desquels nos ravisseurs comptaient certainement enterrer le corps de l'albinos. Je tâchai de les compter dans la semi-pénombre qui régnait. Je m'y repris plusieurs fois et en dénombrai une dizaine. Je fus déçu car j'en espérais nettement plus. Je me consolai en pensant que certains avaient peut-être été arasés par le vent jusqu'à se confondre maintenant avec le sol. Que nos ravisseurs aient pu perdre tout un régiment et que les vestiges de ce fiasco puissent se trouver là sous mes yeux était une idée réconfortante, car la victoire sur les ninjas, même s'ils avaient laissé un des leurs dans la lutte, les avait élevés dans mon esprit au rang de guerriers quasiment invulnérables.

Je me détournai de ce cimetière de fortune et regardai devant moi, car ça recommençait à s'agiter : l'émir et le barbu tournaient autour du mort. Après qu'ils se furent compris du regard, ils levèrent la masse inerte de leur compagnon, l'un tenant les jambes, l'autre les épaules. Mais à peine eurent-ils effectué deux ou trois pas en direction de la porte qu'ils se baissèrent pour le reposer précipitamment. Une fois redressés, ils tendirent l'oreille, le visage tremblant de nervosité.

Un bruit d'hélicoptère? Oui, ça se rapprochait, c'était bel et bien les pales d'un hélicoptère qui résonnaient ainsi dans la nuit. Le chauffeur, qui venait à peine de comprendre ce qui se passait, éteignit les phares et quitta son fauteuil comme un serpent dévalant de son repère, avec vigueur et silence; quand ses pieds eurent atterri sur le plancher, il demeura un instant immobile puis alla rejoindre ses deux camarades, avec dans la main son automatique, et dans les yeux la ferme intention de s'en servir.

L'hélicoptère semblait s'être immobilisé quelque part au-dessus de nous, à en croire ce grésillement qui nous parvenait avec la même intensité depuis une demi minute. Un appareil faisant du surplace à cette heure-ci dans un ciel perdu de la montagne, c'était forcément un objet militaire envoyé pour nous retrouver, il n'y avait pas de doute à ça! Peut-être que les hommes qui se trouvaient dedans avaient aperçu quelque chose qui les intriguait, et que ce quelque chose c'était nous...

Ma gorge se serra, c'était bon d'imaginer qu'on nous cherchait, surtout maintenant qu'on était loin de tout, et que notre point de chute se rapprochait. Depuis déjà un moment, je ne me faisais plus à l'idée que, très bientôt, il nous faudrait vivre dans un trou, sous la menace constante de ces égorgeurs. C'est pourquoi cet hélicoptère tombait bien. Après tout, le bras de fer qui opposait nos ravisseurs au monde, ne pouvait pas tourner éternellement à leur avantage et, avec de la chance, aucun otage ne serait sacrifié. On avait bien survécu une première fois à des échanges de coups de feu, alors pourquoi pas une deuxième avec un dénouement plus heureux encore?

Le bruit de l'hélicoptère continuait de chahuter le calme de la montagne, et il nous parvenait avec la même force alors que le temps passait. Dans le bus, toutes les oreilles étaient tendues. Un peu plus de dix minutes durent s'écouler dans cette ambiance. Puis, soudain, le bruit baissa en intensité. Moins fort, de moins en moins fort. Les forces spéciales, qui se trouvaient sans doute dans cette machine volante, ne nous avaient pas vu, et partaient nous chercher là où nous n'étions pas. La chance se trouvait encore du côté des assassins; j'étais effondré.

Je regardai Marie et Nadia et crus deviner en elles un sentiment analogue à celui qui me rongeait. Arezki se retourna et il présenta un visage ravagé par la résignation. “Mieux vaut mourir tout de suite”, sembla-t-il me glisser avec un hochement de tête.

Je collai mes yeux sur un recoin fêlé de la vitre, fixai un morceau du ciel et y décelai la lumière de cette chose qui, au lieu de nous sauver, fuyait inéluctablement, clignotant une fois, deux fois, et une troisième avant de disparaître dans la nuit. Le bruit de l'hélice se fit encore entendre quelques secondes, puis ce fut le silence.

Je décollai mon visage de la vitre, alerté par nos ravisseurs qui venaient de se remettre en mouvement. Chacun réintégrait une tâche bien précise. Le chauve, chargé de nous surveiller, regagna sa banquette, s'y affala puis régla d'une main le rétroviseur sur nous, comme ça il nous avait à l'œil tout en nous tournant le dos. L'émir et le barbu, eux, s'activèrent autour du mort et le soulevèrent à nouveau.

- Heureusement qu'ils ne nous ont pas vus, dit l'émir en plein effort.

- Allah était avec nous, soupira le barbu.

Ils passèrent l'encadrement de la porte et descendirent précautionneusement les marches. Une fois dehors, ils contournèrent l'avant du véhicule, marchèrent vers l'arrière, et s'immobilisèrent un peu avant les premières tombes. Il y avait là, enracinée dans le sol, une large pierre dont la surface, presque aussi plate qu'une dalle, émergeait de la végétation. Les deux hommes écartèrent du pied les branches et brindilles qui la recouvraient et y allongèrent le défunt. Se redressant, l'émir ouvrit la bouche et lâcha un mot dont le sens m'échappa; puis il recula de quelques pas et s'agenouilla devant un buisson dans lequel il enfonça la main.

En le voyant à l'œuvre, je me disais que c'était sans doute un familier du lieu et qu'à une date antérieure il y avait caché quelque chose qu'il cherchait maintenant à récupérer. C'était le cas, en effet. Car, au bout de plusieurs tâtonnements, il retira, coup sur coup, une pelle, une pioche, une couverture et un seau. Le barbu se saisit de la pelle et de la pioche et s'en fut creuser un trou à côté d'une des tombes. L'émir, lui, jeta la couverture au pied du mort et s'enfonça ensuite, seau à la main, dans la forêt. Il en revint bientôt, alourdi par l'eau qu'il venait de prendre à quelque source proche. En arrivant, il se rapprocha du mort, le déshabilla avec des gestes lents mais précis, lui fit sa toilette funéraire puis l'enveloppa dans la couverture. Le barbu finissait de creuser le trou. Peu après, les deux hommes déposèrent le corps de l'albinos dans sa future tombe. Et, quelques pelletées plus tard, ils rapportèrent les outils dans le buisson d'où ils les avaient retirés. Ils revinrent pour se recueillir quelques instants face à la nouvelle saillie, puis rebroussèrent chemin. Dès qu'ils furent dans le bus, le chauffeur alluma les phares et s'empressa de redémarrer.

Une série de secousses et de manœuvres, et nous voilà de nouveau sur la route goudronnée que nous avions quittée tout à l'heure. A mesure qu'on avançait, les tournants devenaient de plus en plus fréquents. Et un ravin interminable s'ouvrait maintenant sur notre gauche, suivant les sinuosités de la route. Il déroulait un sol tantôt nu et plus ou moins caillouteux, tantôt recouvert par une végétation drue, composée d'arbustes.

Les voix de nos ravisseurs recommencèrent à se faire entendre, et elles ne semblaient plus marquées par le deuil qu'ils venaient de vivre. Ils s'étaient sans doute habitués à voir tous les jours tomber quelques-uns de leurs frères d'armes dans le maquis. C'était le prix consenti pour une lutte dont ils devaient penser qu'elle avançait au quotidien vers la victoire, à coups d'échauffourées, de sabotages et d'attentats. Tous ceux de leurs camarades qui tombaient au cours de ces opérations, tous ceux là n'étaient pas à pleurer mais à fêter, puisqu'ils mouraient pour le djihad et que les attendait le paradis d'Allah.

Le barbu et l'émir étaient les seuls à parler. Et ils ne disaient rien d'important, seulement des éloges destinés au conducteur. Du genre :

- Pour slalomer entre les arbres comme tu l'as fait, il faut être un sacré champion!

Ou encore :

- Tu manies aussi bien le volant que la kalachnikov!

Pour montrer qu'il n'était pas insensible à ces bonnes paroles, le chauve se retournait de temps en temps, un petit sourire au coin des lèvres. Mais il ne parla qu'une seule fois, pour répondre à ce qui me parut être un compliment adressé par l'émir sous la forme d'une question :

- C'est où que t'as appris à conduire comme ça, dis?!

- J'ai été chauffeur de bus dans le civil, pendant deux ans… non, trois si je me souviens bien.

Les minutes s'écoulaient et ils commençaient à se répéter. Ils s'en rendirent compte et firent alors silence. Peu après, l'émir se dirigea vers l'arrière du bus. Le barbu le suivit et le rattrapa. Une fois arrivés près de nous, ils dévisagèrent Arezki, puis tous ceux qui l'entouraient. Encore un pas, et ils fixèrent cette fois Marie et Nadia.

Fronçant les sourcils, le barbu avait l'air très menaçant. L'émir était plus décontracté mais il n'en était pas moins le plus inquiétant des deux; il avait dans l'œil cette assurance cynique qu'on trouve chez ces chats qui viennent d'attraper une souris et qui s'apprêtent à jouer un moment avec elle avant de l'achever. Mais ici personne n'était dupe, surtout pas mes deux voisines qui, se sentant directement concernées, baissaient les yeux pour ne pas avoir à croiser ceux de l'émir. Celui-ci attendait de se délecter de la panique qu'il provoquait. Mais elles persistaient à garder la tête baissée et semblaient résolues à rester ainsi aussi longtemps qu'elles sentiraient la présence des deux hommes devant elles. Déçu, l'émir esquissa une petite moue qui s'effaça aussitôt au profil d'un sourire moqueur; puis il regarda son camarade d'un œil amusé.

- Tu penses à ce que je pense?

- A la rigolade qu'on va se faire quand on va se taper ces kahbas?!

- Je vois que nos pensées se rejoignent!

- Je t'avoue que ça fait un moment que j'y songeais mais tu es l'émir, alors choisis celle qui te plaira. On se relayera avec les autres sur les deux que tu consentiras à nous laisser.

- Les deux?

- Tu oublies la vieille, derrière nous.

- Ah, oui, la vieille! Bon sang, où avais-je la tête?!

Les deux hommes s'abandonnèrent à un bruyant éclat de rire. Puis le barbu reprit la parole, avec dans la voix l'empressement de ces acteurs qui n'ont pour talent que la bonne réplique à placer au bon moment.

- Je ne sais pas si c'est le fait de causer de tout ça mais j'ai hâte d'être dans notre bonne vieille kazmate.

- Hé ben, moi, je ne sais pas si je pourrai attendre jusque-là!

Le barbu fixa son compagnon d'un air étonné mais approbateur. Ce dernier lui fit un clin d'œil plein de malice puis lui tendit sa kalachnikov.

- Tu veux bien me la tenir un petit peu, le temps de me vider de ce feu qui court dans mon ventre? dit-il, faussement dubitatif.

- Je me plie à tes désirs comme l'humanité au mektoub, dit le barbu en s'esclaffant de nouveau.

Débarrassé de son arme, l'émir se saisit de la main de Nadia. Puis il tira la jeune fille et lui emprisonna les bras au niveau de la taille, et ce d'une seule main. Elle essaya de se débattre mais ne put faire autre chose que racler le plancher avec ses pieds.

- Non, je vous en supplie, non, non, non!, cria-t-elle de toutes ses forces.

- Lâchez-la, au nom de Dieu, lâchez-la!, s'époumona Marie.

Insensible aux supplications, l'agresseur reculait en traînant sa victime. Les hurlements de Marie redoublèrent. Pour la faire taire, le barbu lui asséna un violent coup de pied sur le haut de la cuisse. La voix sourde de la Française se mua en sanglots étouffés. Un sentiment de révolte grandissait silencieusement en moi, mais je savais que toute rébellion était suicidaire. Il me suffisait pour ça de regarder le barbu : tout me disait en lui qu'il avait la gâchette facile.

L'émir amena Nadia jusqu'au centre du car et la jeta sur l'une des banquettes de la rangée gauche. Malgré la distance, malgré les dossiers, je vis notre homme arracher le jean de la jeune-fille, dénouer sa propre ceinture, se mettre sur elle puis s'emboîter dans son entrecuisse.

Il haletait comme une bête. Alors que Nadia hurlait et suait sous les efforts qu'elle faisait pour se libérer. Mais cette résistance excitait son agresseur plus qu'elle ne le gênait. Bientôt, il lui laissa même les mains libres pour pouvoir presser de ses gros doigts les seins menus qui palpitaient sous lui. Nadia, au lieu de frapper son agresseur, comme je supposais qu'elle allait le faire, ramena ses bras derrière elle, tâta le cadre ouvert par les balles et, ayant rencontré un morceau de verre encore solidement accroché, s'ouvrit les veines de la main droite puis de la main gauche, coup sur coup, en les frottant avec l'énergie du désespoir.

Le sang dégoulina jusqu'au creux de son aisselle. Elle voulait en finir coûte que coûte avec cette furie animale qui la martelait de ses va-et-vient. Comme la mort ne venait pas assez vite, elle se frappa la nuque, avec une violence inouïe, contre un cendrier métallique qui se trouvait sous la vitre; elle s'y reprit à quatre fois, et à chaque coup un peu de sa vie se volatilisait. A la quatrième tentative, elle s'affala toute tremblante, eut un dernier soubresaut puis s'éteignit dans les bras de son violeur. Néanmoins, cclui-ci continuait à donner du mouvement sur le corps inerte qu'était devenue Nadia. Elle avait fui mais il la poursuivait encore dans la mort pour assouvir ses instincts.

Recroquevillée, Marie s'enfonçait dans le silence et dans les larmes. Les quatre de l'association étaient statufiés. Quant à moi, j'étais pris d'un tremblement qui m'agitait de l'intérieur et me laissait comme un arrière-goût d'électricité dans la bouche : je découvrais la haine et l'injustice mêlées, l'une et l'autre poussées à leur paroxysme. Mais je ne détournai pas les yeux du monstre. Et lui haletait toujours à la recherche de son plaisir.

Enfin, il se retira. Il réajusta son pantalon, considéra avec mépris le cadavre de Nadia et cracha dessus en disant :

- Kahba, kahba!

Puis il s'écarta, et je vis un filet rouge briller entre les jambes de la défunte : du sang! Celle qu'il venait de traiter de putain était vierge. Il avait dû s'en rendre compte. Mais qu'importe, pure ou non, elle n'en méritait pas moins ce qualificatif à ses yeux. Car toutes les femmes qui ne portent pas le hidjab sont une plaie pour la société islamique. Et si cet émir et ses hommes s'était engagés sur le sentier de la guerre, comme d'autres ici et là dans le pays, c'était justement pour remettre un peu d'ordre : ces femelles, qui ne roulaient que pour elles-mêmes, le visage découvert, et qui de surcroît refusaient d'entendre la sonnette d'alarme tirée par les moudjahidin, ne pouvaient être traitées à l'égal de celles qui, elles, se soumettaient à Dieu et à l'homme. Une "pouffiasse" ne méritait qu'une chose, être considérée comme telle : c'était un mouchoir tout juste bon à recevoir de la morve et à être jeté. Ce qui venait de se passer pour Nadia entrait dans la droite ligne tracée par ces combattants suite à la lecture de quelques sourates : éradiquer, assainir. Et si l'Occident dénonçait ces actes comme des crimes, c'était simplement parce qu'il se faisait du souci en voyant son influence concéder un terrain conquis à grand renfort de feuilletons de télévision diffusés au moyen de ces antennes du diable qui fleurissaient sur les toits algériens.

L'émir se rapprocha du barbu. Plutôt lentement, car ses premiers pas étaient une façon de reprendre pied dans la réalité. Son compagnon l'accueillit d'une voix précipitée, un zèle dû sans doute d'avantage à sa nature de bagarreur qu'à une soudaine anxiété :

- Qu'est-ce qu'on fait du cadavre, on le jette?

- Non, pas ici, on est beaucoup trop près de la cache, ça pourrait les mettre sur notre piste.

- Le car aussi pourrait nous faire repérer! Passe pour cette nuit mais, demain, quand les hélicoptères sillonneront la montagne pour tenter de nous retrouver?!

- Tu as raison, mais t'inquiète, j'y ai pensé : il faudra redescendre le bus et l'abandonner quelque part dans la vallée.

Le conducteur, qui ne perdait pas une miette de la conversation, intervint :

- Ne vous en faites pas pour le car, je me chargerai de le ramener, moi.

L'émir acquiesça :

- Bien! En arrivant, je tâcherai de désigner un gars resté au camp : il t'accompagnera avec un des tout-terrain qu'on a planqués dans les sous-bois, comme ça tu n'auras pas à revenir à pied.

Le barbu avait toujours dans la main la kalachnikov que lui avait passée l'émir. Quant à son automatique, il l'avait replongé aux côtés de son couteau. L'autocar s'était remis tressauter, à cause de la route, de plus en plus mauvaise.

Mais, faisant fi des accidents du terrain, le chauffeur conservait la même vitesse. Mal lui en prit, car il y eut soudain une secousse beaucoup plus importante.

On aurait cru un tremblement de terre. Une roue avait sans doute heurté quelque bosse. Des morceaux de vitre qui tenaient encore cédèrent par pans entiers. Le barbu, en essayant d'éviter une chute, laissa tomber la kalachnikov. L'arme rebondit et vint heurter mon talon.

Sans réfléchir, je m'en saisis et mitraillai les deux hommes en face de moi. Ils s'effondrèrent, l'un sur l'autre, le ventre troué par les balles. Je continuais de tirer, cette fois en direction du conducteur qui, tout en conservant une main sur le volant, s'était retourné pour riposter avec son automatique.

J'étais enragé, je voulais en finir une bonne fois pour toutes. Je tremblais mais ne lâchai pas la gâchette.

Mon adversaire rendait coup pour coup. A priori, j'avais l'avantage : ma kalachnikov contre son pistolet. Mais c'était la première fois que j'avais une arme à feu entre les mains. C'est pourquoi l'abattre du premier coup, comme j'avais réussis à le faire avec ses compagnons, n'était pas évident. A l'inverse des deux autres, il y avait de la distance entre lui et moi! Et c'était un handicap quasi insurmontable pour un novice. Je ne pouvais espérer m'en sortir qu'avec l'aide de la chance.

Soudain, je ressentis une vive douleur dans le creux de l'épaule gauche : il m'avait touché. Meurtri, je m'enfonçai derrière les fauteuils où étaient assis Arezki et sa mère. Une fois à l'abri, je tâtai ma blessure. Je retirai mes doigts tachés de sang et les portai à mes narines. Je regardai alentour, l'œil alerte, et l'odeur du sang me montait à la tête.

Je vis que de l'autre côté Marie, dans un réflexe de survie s'était elle aussi recroquevillée derrière les sièges. Elle avait la face tout contre ses genoux, et coulait de temps en temps un regard apeuré, comme un chien qui appréhende le fouet de la correction. En la regardant, je me souvins des autres otages et criai aussitôt à leur intention :

- Couchez-vous, couchez-vous!

J'attendis, le coeur battant, mais aucun mouvement ne parvint à mon oreille. J'imaginai le pire : peut-être que les derniers coups de feu leur avaient été destinés et avaient eu raison de leur vie. Je relevai légèrement la tête, et mon inquiétude se confirma. Je vis en effet, abandonnés au faîte des dossiers, les visages ensanglantés de Arezki et de sa mère. Les deux autres, que je ne pouvais voir pour le moment, ne devaient pas avoir subi un meilleur sort.

Fou de rage, je me dressai complètement et jetai une rafale au jugé. J'entendis un cri. Je retirai mon doigt de la gâchette, et, à travers la fumée qui se dégageait du canon de mon arme, j'entrevis mon succès : le chauve était juché à la même place, mais chancclait. Une de mes balles s'était logée au milieu de son crâne. Avant de s'effondrer, il trouva la force de donner un ultime coup d'accélérateur, suivi d'un coup de volant qui précipita le bus dans une pente débouchant sur le ravin. Heureusement, à mi-parcours, une barrière de ronces freina notre chute. Pas complètement, car je sentis le bus qui allait doucement mais inéluctablement vers le but que lui avait assigné son conducteur avant de mourir.

Il me fallait agir vite : je m'empressai de briser la vitre arrière à l'aide du fût de ma kalachnikov, puis je me rapprochai de Marie et l'aidai à se relever.

- Allez, allez, il faut qu'on se tire d'ici sinon on va exploser avec ce bus!

Elle se retourna une seconde pour constater le massacre, trébucha, puis, s'appuyant sur mon épaule, monta sur la banquette, posa un pied sur la partie inférieure du cadre, une main sur la partie supérieure, et sauta. Je jetai un dernier coup d'œil sur les otages morts et la suivis.

Je pris Marie par le bras et nous nous mîmes à remonter la pente, à petits pas, en nous aidant l'un l'autre pour éviter de glisser tant le terrain était raide. Enfin, nous arrivâmes sur la route. De là, nous vîmes le bus forcer les ronces, happer le vide et s'embraser en touchant le fond du ravin. Heureusement que son point de chute était dénué de végétation. Autrement, c'était toute la montagne qui prenait feu.

Marie sanglotait devant le spectacle. Ses larmes coulaient en flots si compacts que sa chevelure, qui s'ébouriffait sous un léger vent, collait à ses joues. Soudain, elle fut saisie d'un tremblement qui l'agita des talons aux maxillaires. On l'aurait dit en proie à une forte fièvre. Je lui pris la main et la serrai très fort. Je sentis qu'à ce contact elle se rassérénait un peu, mais elle ne pouvait pas se détacher de ces flammes qui rugissaient vers nous et qui, par moments, projetaient sur nos corps des éclairs rapides et dentelés. Pour ma part, j'étais calme, sans être bien. Pas une seconde je ne regrettai ce que j'avais fait, bien que le dénouement n'ait pas été des plus heureux. Car il est presque sûr qu'aucun d'entre nous ne serait revenu vivant : je n'avais jamais entendu dire une seule fois que les autorités aient libéré des prisonniers d'islamistes armés pour dénouer une affaire telle que la nôtre. Ce qui ne se faisait pas n'aurait pas commencé avec nous. C'était une évidence, même si je l'avais repoussée, plus ou moins consciemment, pendant la captivité. De plus, comme ils l'avaient eux-mêmes laissé entendre, ils ne se seraient pas privés de violer aussi Marie et la mère d'Arezki. Et si cette dernière n'avait pas échappé à la mort, elle avait au moins échappé à ça.

Il nous fallait partir. Je le fis savoir à Marie. Mais c'était comme si elle ne m'avait pas entendu. J'insistai, précisant cette fois que les flammes pourraient ameuter les amis de nos ravisseurs si elles ne l'avaient déjà fait. Comme elle restait encore sourde à ce que je disais, je la tirai par la main tout en me répétant. Enfin, elle eut un long frisson, me fixa droit dans les yeux et me dit d'une voix blanche :

- Par où allons nous?

- Si on continue dans le sens où nous emmenaient nos ravisseurs, on va être repris. Pas le choix, il nous faut revenir en arrière sans perdre une minute.

Elle acquiesça de la tête, et nous nous mîmes en marche, en nous hâtant et en jetant de fréquents coups d'œil derrière nous, comme le feraient des voleurs. Je parlais tout en avançant, car je sentais que Marie en avait besoin. Autour de nous régnait une atmosphère de fin du monde. Pas une voiture. Rien. Seulement, par intermittences, le chant des grillons.

Le temps passait. Et nous marchions toujours aussi vite. Le paysage demeurait le même, inquiétant et sournois, avec sa forêt qui débordait sur le goudron : arbres et végétaux de toutes sortes ployant sous leurs membres feuillus et lourds, comme de gros soldats en rangs serrés. Seule la route avait un petit côté rassurant, car elle semblait se détacher de la nuit en bleuissant sous les rayons qui tombaient, l'air de rien, du firmament. On s'y mouvait sans mal, même si on restait sur le qui-vive, et on pouvait la voir au loin plonger en zigzaguant jusqu'au versant plus bas, à notre droite. Là-bas, il y avait un succession de collines, et sur l'une d'elles, une constellation de lumières que Marie aperçut la première :

- Un village!

- Un village?

Elle pointa son index.

- Oui, là-bas...

- Continuons, en marchant vite, nous y serons dans peu de temps.

Au bout d'une heure environ, nous arrivâmes au pied de la colline. Un chemin sinueux montait en pente très raide. Nous l'empruntâmes. Moins d'un kilomètre nous séparait de la bourgade. Bien qu'épuisés, nous gardions un rythme soutenu. Mais, à mi-parcours, je me rendis compte qu'en fuyant un danger, nous en avions oublié un autre qui pouvait venir de ceux-là même à qui nous allions demander de l'aide. J'entraînai alors Marie par la main, jusqu'à une aire de gazon qui bordait le chemin. Une fois là, je m'allongeai tout d'un bloc. Dans mon geste, la douleur de mon épaule se réveilla et m'arracha un cri.

Marie, remarquant ma blessure pour la première fois, se pencha sur moi pour m'examiner.

- Ce n'est rien, dis-je, mais il nous faut rester ici.

Elle croyait que c'était la blessure qui m'avait forcé à m'arrêter :

- Je vois, vous souffrez et vous ne pouvez plus marcher. Ne vous inquiétez pas, je m'en vais de ce pas monter là-haut pour chercher des secours.

- Ce n'est pas à cause de cette blessure…

- Alors c'est à cause de quoi?

- Les villageois, vous y avez pensé?… Vous savez sans doute que les bourgades isolées comme celle-ci sont très exposées aux attaques des terroristes et que pour cette raison la plupart d'entre elles se sont organisées. Je mets ma tête à couper qu'il y a là-haut une milice chargée de protéger le village.

- C'est vrai, je n'y pensais plus…

- Si on grimpe, et que ces montagnards font le guet, sûr que de loin ils vont nous prendre pour des ennemis et nous tirer dessus. La raison veut qu'on reste ici, jusqu'à ce que le jour se lève.

- Mais vous êtes blessé!

- On n'a pas le choix.

**Nora Merniz**

# FAMILLE NOMBREUSE

## Naître en Algérie

Nous sommes sept enfants. Fatima, Nassira, Adjila, Ahmed sont nés en Algérie française. Leïla, Linda et moi sommes nées en France. Mohammed est né en 1962. Il est le seul Algérien de la famille.

## Le cinquième

Ma mère vivait chez sa mère. Elle souffrait d'essoufflement. Néna, inquiète, l'accompagna chez le médecin. Le médecin entra dans une colère noire en apercevant ma mère. Elle avait 21 ans, elle attendait son cinquième enfant. Ma mère n'oubliera jamais.

## Le tatouage

Elles m'ont attrapée. L'une me serre les bras, l'autre les jambes. Une lame de rasoir s'approche de ma cuisse. Maman tient un flacon de pigments noirs dans les mains. Mes frêles membres s'agitent et desserrent l'étau. L'immeuble entier entend mes hurlements. Maman leur dit de me lâcher. Elle savait que je n'appartenais plus à leur tribu ni à leurs coutumes. J'ai tout de même été marquée.

## Nice

A 6 ans, je partais en maison de repos accompagnée de Leïla. Nous l'appelions "maison de repas", un moyen sûr de se débarrasser de notre maigreur. Une enveloppe indiquant que nous ne mangions pas de porc se trouvait dans nos valises gonflées de vêtements étiquetés à nos noms. Nous partions pour deux mois. A table nous étions six et j'étais séparée de Leïla. Je mangeai six tranches de jambon cuit. Nous sommes restées un mois de plus. Mon père avait la tuberculose. Nous avions très peu grossi.

## Le talc

Mon père m'emmenait partout avec lui. A l'usine, le vendredi soir, j'enfilais son bleu. Au café, je commandais un orangina. Mais chez ses amis, je prenais une limonade. Un de ses copains m'avait offert du talc. Ma mère le garda pendant des années dans son armoire. Au retour de l'usine, mon père avait toujours des bonbons mous dans sa veste grise. Au retour de la maison de repos, mon père avait toujours du fromage et des biscuits dans un sachet en plastique. Mon père était tuberculeux. Plus tard je retrouvai le talc, j'avais oublié que je le suivais partout.

## Je ne parle pas...

Nous étions plusieurs à sécher les cours de l'amicale laïque. Le maître nous frappait les doigts avec une vieille règle en bois de 30 centimètres. Il faisait froid, alors nous nous blottissions les uns contre les autres au fond du préau, à l'abri du vent. Malika nous contait des histoires racontées la veille par sa mère. Des récits effrayants, évoquant des cimetières, des sorcières, des feux-follets. Ils nous réchauffaient. Je ne peux les rapporter, car je ne parle pas la langue de Malika.

## Adam

En classe, je détestais les personnes molles et bêtes. Adam avait une année de retard. Je le lui faisais savoir. Il me traitait de "sale Arabe". Il m'empoignait systématiquement quand l'injure feed-back arrivait à ses oreilles. Je ne pleurais jamais. Il était grand et fort. Son bulletin était médiocre, la maîtresse avait mis une mauvaise appréciation. Adam pleurait. Il craignait son père. Je ne le traitai plus jamais de "sale Juif".

## Le goûter

Le boulanger arrivait au bas de l'immeuble en klaxonnant. Un gros pain pas trop cuit et deux pains aux raisins. Ma mère l'avait autorisé. Je mangeais mon goûter sur le chemin de l'école. A la récréation, la moitié de celui de Leïla. Ma sœur refusait de plus en plus. Alors je lui demandai de me garder mon goûter de 4 heures.

## La Baraka

J'ai rêvé. Ma barque dérivait, je la pris sur le dos malgré ma cicatrice sur le pubis. Je la rapportai sur le port et essayai de l'amarrer. Un violent orage éclata et se calma aussitôt. La barque s'éloignait. Une fille que je ne connaissais pas, me racontait qu'elle faisait toujours de mauvaises rencontres, "des types du même genre". La barque se rapprochait. Je lui conseillai de s'interroger sur ce phénomène récurrent en gardant un œil sur la barque. Enfin je criai que l'on m'aide à attacher ma baraka. J'ai 30 ans, veuve, sans enfant et le chirurgien a vu de près mes ovaires.

## L'antenne de télé

Mon père et ma mère nous ont invités, Serge et moi. C'est mon amoureux. Il a les cheveux ras et blonds. A la campagne, il a des épis sur la tête. Mon père dit qu'il a "des antennes de tili".

## Le chirurgien

J'ai gardé de longues années un long poil noir en dessous du nombril. Le chirurgien m'a séparée en deux. Il a recousu les deux mêmes morceaux. J'ai perdu 50 grammes à 5 centimètres en dessous du poil. J'ai enlevé mon poil.

## Makroud

Le "k" de makroud est ajouté au mot, comme la dent en or à la dentition. C'est plus oriental. Le makroud est une pâtisserie losangée, fourrée de dattes. C'est ma mère qui les confectionne. Il y a deux manières de les cuire. Je les préfère au four. Avec l'excédent de pâte, ma mère confectionne des petits boudins qu'elle place dans le plateau, autour des makrouds. Ce sont des pare-feu. Ils protègent les makrouds des brûlures. Je suis infirmière. J'adore les boudins brûlés.

## Gandouras

Mon père porte des gandouras. Seul son visage et ses pieds bronzés sont visibles. Ma mère n'aime pas. Il ressemble à un Marocain. La gandoura est une tenue d'intérieur pour les vieux Algériens. Certains jeunes en portent aujourd'hui, signe d'intégrisme.

## Figues de barbarie

Mon père adore les figues de barbarie. Il s'assoit sur le sol du balcon avec un couteau. La figue entre l'index et le pouce, il coupe les extrémités du fruit, gouttes de sang sur le 38. Puis il fend son abdomen et lui écarte l'enveloppe. Il pose son couteau et retire la figue. Mon père est berbère. Il recommence l'opération.

## La k7

Je pleurais en regardant une émission sur les immigrés algériens, que j'avais fait enregistrer.

Mon père me dit qu'il ne faut pas pleurer “pour une cassite”.

## La mort

Leïla a beaucoup pleuré ce jour-là. Nous étions au bas de notre immeuble. Avec un ami, Sissi, nous jouions à la poupée. Toto — j'appelai ainsi ma sœur depuis sa naissance qui avait été pour moi une mauvaise blague — nous ennuyait. Alors on lui expliqua qu'elle allait mourir, devenir vieille, se pisser dessus, perdre ses dents. Toto a crié “non!”. Elle a couru jusqu'au quatrième étage. J'ai entendu ma mère nous sermonner par la fenêtre. Sissi adorait faire pleurer ma sœur.

## Sissi

Je rentrais tard, je me pressais. Je ne pouvais jamais prévoir la réaction de mes parents. Au bas de l'immeuble, Sissi m'interpella. Il s'était acheté une nouvelle eau de toilette. Malgré mon opposition, il me vaporisa généreusement. Ma mère me demanda la marque de l'homme avec lequel je me parfumais. Je l'avais pressenti. Sissi aussi.

## La terre

Mon père désherbe à la pioche. Les "midicaments" pour les plantes n'ont pas été efficaces. Mon père avait beaucoup de terre dans le sud de l'Algérie. Les colons lui laissèrent la moins fertile. Les pissenlits font de bonnes salades. Je mesure la lumière avec ma cellule. Mon père prend la fourche et rassemble les mauvaises herbes. Il pause. Mon père dit toujours "merci" quand on le prend en photo.

## Homo

Mon frère a un autre nom. Quand il s'appelait Mohammed, il refusait de faire la vaisselle. Alors elle finissait sur le sol. Mohammed me rouait de coups quand je lui disais "pédé". Mon frère s'appelle maintenant Alexandre. Il fait partie de AIDES et ne me roue plus de coups

## Bénédiction du repas

Mon père dit “é bess mé ler”. Ma mère dit la même chose. Alors on commence à manger. Ma mère et mon père mangent avec les doigts et des bouts de pain pour les aider. Ils ne vont jamais au restaurant.

## Lire

Ma mère a appris à lire à la MJC de Prédieu. Tous les vendredi, elle se rend à son cours accompagnée des femmes désireuses de s’instruire un peu. Elle lit tous les panneaux publicitaires. Ratatouille se dit “ratatoué”. Ma mère a une amie qui a fait beaucoup de progrès et s’exprime bien. Elle aime bien faire des courses avec elle. Ma mère ne va jamais chez le fromager. Ma mère ne sait pas commander. Ma mère ne sait pas écrire. Le stylo ne tient pas dans ses doigts.

## Nationalité française

Mon père doit devenir français pour travailler à l’hôpital de Grenoble. Mon père est toujours algérien. Adjila est la première du quartier à avoir pris la nationalité française. Elle travaille à la mairie. Les voisins algériens nous traitent de sales Arabes. Nous aussi. Ils sont tous devenus français.

## Le non-dit

Mohammed n'a pas dit à mes parents qu'il s'appelait Alexandre. C'est la voisine qui demande pourquoi il n'est toujours pas marié. Alexandre s'entend bien avec ma mère. Elle lui a dit qu'il sera toujours son fils.

## Les voisins français

Mon père et ma mère se sont liés d'amitié avec des Français, voisins de notre appartement. Nous avons été invités à visiter le chantier de leur prochaine maison. Avec mon père, nous avons été au café boire une bière. Le voisin a insisté. Mon père grimaçait, il est musulman. La mousse s'accrochait à sa moustache.

## La prière

Ma mère prie cinq fois par jour. Mon père aussi. Ils parlent à Dieu. On ne peut pas leur parler. Mais quand le téléphone sonne, mon père encore accroupi crie "j'arrive!".

## Lunettes

CM1, la maîtresse voit rouge. Je ne vois pas le tableau noir. L'alphabet du Docteur est gris.

## Le fait d'hiver

L'hiver 1968 fût très froid. Ma mère se rendit à la banque par le bus. Il neigeait. Elle me portait dans ses bras. Leïla, en boule, était au creux de ma mère. J'avais à peine un an. Ma mère oublia son sac sur le siège du bus. Il contenait la paie de mon père : 300 francs.

## Tante Zaïa

Tante Zaïa et ma mère sont des jumelles nées sous le signe des gémeaux… lalala. Leurs cheveux sont courts et leurs genoux visibles. Elles vont souvent en ville ensemble. Les femmes algériennes ont des foulards sur la tête et de longues robes. Ces femmes disent de ma mère et de Zaïa qu'elles sont les "putains du quartier".

## Devant la télé

J'avais six ans. Vingt heures est l'heure des informations télévisées. Je brosse mes longs cheveux bruns et mets ma robe de chambre. Je m'assois toujours le plus près possible de l'écran. C'est ma place. Le monsieur me regarde. Je lui souris.

## La censure

Mon père et ma mère préfèrent les films américains. Ce soir, film français. Nous avons tous insisté. Scène d'amour. Toute la famille regarde le sol. C'est un film avec Brigitte Bardot. Qui va se lever pour changer de chaîne? Ahmed se précipite, attrape au passage un coussin. Le coussin sur l'écran se met à jouir. On a tous ri.

## Saturday night fever

Samedi soir. Ahmed se prépare pour sortir en boîte de nuit. Il répète sa chorégraphie : pantalon à pinces, chemise blanche, mocassins noirs et brillants, veste noire. Le miroir lui dit qu'il est le plus beau. Moi aussi.

## La fermeture éclair

Nassira pèse sur le carrelage italien de notre appartement arabe. C'est un mammifère, pantalon "pattes d'èph" oblige. Elle s'allonge sur le dos, je la chevauche. Je tire d'une main la fermeture vers le haut. De l'autre je fais onduler sa chair vers le bas. Tous les matins, je dois refermer ma sœur.

## Le poulet

Le dimanche, je ne me lave pas les mains. La salle de bain est occupée. A midi on mange du poulet. Mohammed et mon père sont enfermés dans la salle de bain. La baignoire est rouge de sang. Mon père est une mère-poule. Mohammed n'aime pas le poulet.

## Les devoirs

Les devoirs se font sur la table de la cuisine. La buée se colle sur les carreaux. La cuisine est un hammam meublé et mon intelligence se met à nu. La cocotte-minute siffle le commandement. Il faut dresser la table. Je rhabille mes livres, cahiers et stylos. Ce sont des devoirs-minute.

## Dix

Nous sommes dix. Dix bols sur la table, du sucre, du cacao, le lait bouilli, la confiture et le beurre. Il est dix heures du soir. Le petit-déjeuner est prêt pour le lendemain.

## La sieste

14 heures. C'est le nombre de la sieste. L'esprit de ma mère dort, le nôtre est en éveil. Où se trouve-t-il? Pas dans le tiroir de la cuisine, sous les couverts, pas

dans le panier à pains, pas dans les casseroles, pas sous le canapé. 14 heures 10. Ma mère se réveille. Tout remettre en place, ne pas laisser d'empreintes. Il a fallu 10 minutes pour que l'empreinte du porte-monnaie se forme entre les deux seins de ma mère.

## Le retour de l'école

"Y a quelqu'un?" Je m'assois sur les escaliers. Je suis désarmée. Je larme. Il y a plein de gouttes sur les marches. Elle arrive. Depuis, ma mère sera toujours là quand je rentrerai de l'école.

## Le Docteur Roibet

Le Docteur Roibet est le médecin de ma mère. Mon père dit que ma mère est hypocondriaque. Le docteur est jeune et beau. Il aime les jolies femmes. Ma mère est jolie. Mon père le sait. Ma mère a changé de médecin.

## Massages

Le dos de ma mère craque sous mes pieds. Le buste mesure quatre pieds de long et deux de large. Elle me dit de continuer. Je joue au pas de fourmi. Ma mère a mal au dos. Ma mère va mieux quand je lui fais encore plus mal.

## L'aînée

Ma mère a eu son premier enfant à 17 ans. A 27 ans, elle en avait sept. Sur les photos, ma mère est toujours notre grande sœur. Ma mère est jeune. Ma mère se sent vieille.

## Les voitures

Mon père avait une 203 puis une Opel Kadett. Je n'étais pas encore née. Il eut une 404 blanche, une 504 break marron, une R12 orange et des lunettes Ray Ban. Mon père, à 40 ans, ne faisait pas son âge. Il eut aussi une R9 et conduit aujourd'hui une 305 bordeaux. Mon père ne défait pas son âge, il a 66 ans.

## L'Asiatique

Mon père est arabe, il a des yeux noirs et bridés. Le "b" n'est pas en trop. Mon père est calme. Il décolère rapidement. Il a fait l'Indochine.

## La cystite

Mon père s'est chauffé à 39°C. C'est l'hiver. Le médecin l'a examiné deux fois. Curieux. Mon père n'a rien. Il a très soif. Mon père se réchauffe à 40°C. Il va souvent aux cabinets. Le Docteur revient, il s'échauffe. L'urine brûle mon père. Avant de parler, il tourne sa langue trois fois dans la bouche.

## Pace-maker

Mon père est hospitalisé. Chambre double. Léger bruit dans la nuit. Tic-tac. Il cherche le réveil réveilleur. Il est greffé sur le voisin.

## Le chat

Mon père et ma mère vont à la campagne. Le chat est inanimé. Mon père prépare les biberons le matin et le soir. Le chat boit le lait. A midi mon père prépare les merguez et le bœuf grillé. Le chat le suit. Mon père est une mère-poule. Il nous dit toujours : "il faut mangi".

## Ça ne se fait pas

Mon père est à la retraite. Tous les matins, mon père secoue les draps par la fenêtre. Ses trois voisins algériens se moquent. Mon père ne va jamais chercher le pain. Aujourd'hui, il va chercher le pain. Il les rencontre. Au premier, il dit que c'est un ramasseur de poubelles, au second, un paresseux, et au troisième qu'au su et au vu de tous, il cuisinait avec sa femme. Mon père a toujours aidé ma mère. Ça ne se fait pas.

## Le pouce

Six ans. “Qu’est-ce que tu es grande!” Moi, je suis moyenne, ni un bébé, ni une adulte. Je ne me donne pas les moyens de le leur dire. Ma bouche est encombrée par mon pouce. Il s’adapte parfaitement à mon palais. Il est doux, il est plus petit que l’autre, il va fondre. Je le sauve au mercure au chrome. Rouge, couleur du danger. Je ne suce plus mon pouce. La nuit il n’y a pas de couleur, le pouce est au chaud.

## La séduction

Les garçons ne regardent pas les filles qui portent des lunettes. Les lunettes restent dans le cartable. Les branches sont trop longues. Je ne suis pas un arbre. Les garçons me regardent. Je ne les vois pas.

## Frédéric

Frédéric avait les cheveux blonds, dorés, vénitiens, cendrés. C’était un grand soleil. Il a fait fondre la neige. Elle l’a refroidi. Ses cheveux sont cendrés. Ils sont dans un vase.

## Le tabouret new-yorkais

Six mois que je le cherche. De brocante en brocante, de dimanche en dimanche. New-York. Serge : “On tourne à droite ou à gauche?" A droite. Une montagne de sacs-poubelle noirs. Il est là, déplié, avec ses trois petites marches. Mon tabouret de bibliothèque m'attendait.

## Le clochard

Je suis toujours en avance, billet à la main. Départ 14 heures 15. Il se confond avec le sol, personne ne lui prête attention. Je lui en donne. Le train à destination de Paris entre en gare. Il ne bouge toujours pas. Nous prions les passagers de s'éloigner de la bordure du quai. 14 heures 13, je le secoue. Je cherche le contrôleur, je n'ai pas poinçonné mon billet. Il était vivant.

## Noir

Leïla a un gros chignon noir. Son ruban rouge se défait souvent. Elle a la peau berbère. Elle a de grosses lèvres. Leïla pleure souvent, surtout quand elle aperçoit une personne à la peau noire.

## Le parfum

Adjila a de jolis habits. J'aime ses jolis habits sur moi. J'aime son parfum sur moi. Le flacon tombe. Tout le monde profite de son parfum.

## La naissance de Leïla

Leïla est la septième enfant. Elle pleure tout le temps. Ahmed prend Leïla dans le berceau. Ma mère le regarde. Il veut la promener jusqu'à la cuvette des toilettes. La chasse d'eau interrompra ses larmes.

## Le soutien-gorge

Leïla a un soutien-gorge à dentelles. Serge est français. Il dit à ma sœur que son T-shirt fait des plis disgracieux. Leïla rougit. Ma mère a dit qu'en Algérie, Serge aurait eu la tête coupée.

## Lindouce

Linda m'a rencontrée quand elle avait trois mois. Elle est très gentille. Les docteurs l'ont gardée. Linda est née avec un angiome. Les gens appellent ça un bec de lièvre. Les lièvres n'ont pas de bec. Linda est la dernière de la famille. Elle a sept frères et sœurs. On adore l'embrasser sur la bouche.

## Les sandales

Lindoux porte des sandales. Les brides ont craqué. Agacée, elle court péniblement vers ma mère et lui dit que ses sandales n'arrêtent pas de lui courir après.

## Néna

Ma grand-mère raconte beaucoup d'histoires. Je ne les ai jamais entendues. Nous sommes séparées par une grande mer. Elle est très vieille, elle s'est mariée à treize ans et a eu treize grossesses. Je n'ai pas de chance. Je n'ai jamais rencontré la mère de ma mère.

## La grève

Pas de 11-14, ce matin. La SEMITAG fait grève. Sans leur faire signe, les voitures s'arrêtent. Causeries sur l'événement. Je suis à l'heure au lycée. J'adore la grève.

## Le chignon

Une grande crinière noire. Assise sur le sol. Deux grandes mains au-dessus de ma tête. Mes cheveux sont maintenus par un élastique marron, de ceux-là mêmes qui les déracinent. Un ruban délicat, doux, satiné sur le bout de la queue. On la roule la queue. Tous les jours, la même opération se répète. Le chignon règne sur le sommet de mon crâne, paré d'un ruban rouge.

## Tante Chafia

Tante Chafia est arrivée d'Algérie. La famille s'élargit. Elle est démunie, elle emprunte tout. Mes grandes sœurs ne l'apprécient guère. Chafia nous croit riches. On doit la marier. C'est tante Chafia qui m'a parlé pour la première fois du drap. La mariée doit être vierge. Le jour de son mariage, elle doit faire l'amour avec son mari et rapporter le drap. Le drap doit être normalement taché de sang, preuve de la virginité de la mariée. A la vue du drap, les femmes crient de joie. Je pleure.

## Les mariages

Ils sont assis, immobiles, silencieux, entourés de fleurs. Elle ressemble à une meringue. Il ressemble à un pingouin. Deux pâtisseries perdues dans une vitrine orientale. Les invités sont bruyants et prêtent peu d'attention à ces mets sucrés et sans miel. La mariée est triste, le marié aussi. Ils ne se connaissent pas.

## Habiba

Ma mère a une petite fille. A l'enregistrement des naissances, le fonctionnaire est français. Le prénom arabe. Il a inventé le prénom de ma sœur : Adjila.

## Superstition

Mon père a perdu sa mère à l'âge de 6 ans. Sa belle-mère à 12 ans. Son père à 18 ans. Il a peur de la mort tous les 6 ans.

## Le Loto

Mon père est arrivé après la guerre. Aujourd'hui, il dit que c'est une chance d'être en France. Il n'a jamais cessé de jouer chaque semaine au Loto.

## Le mal du pays

Ma mère a suivi mon père. Mes frères et sœurs ont suivi ma mère. Elle supporte la France. L'avion la ramène en Algérie. Quand ma mère est de retour, elle ne comprend plus ses enfants. Ils parlent tous français.

## La résistance

Mon père a acheté une machine à coudre pour ma mère. Ma mère est cuisinière trois fois par jour, technicienne de surface de notre 90 m2 et nourrice de ses 8 enfants. Sa vie n'est pas cousue de fil blanc. Ma mère refuse d'être couturière.

## Le divorce

Ma tante a une petite fille. Si elle veut se remarier, elle doit abandonner sa fille. Ma tante est divorcée. En Algérie, c'est parfois un statut définitif.

**Nasser**

# COCKTAIL STORY

## UNE MAUVAISE LECTURE DE CE TEXTE PEUT EN ENTRAÎNER L'AUTODESTRUCTION INSTANTANÉE

L'Autorité suprême,
désignée par les privilégiés, les P,
s'était emparée du méridien de Greenwich,
en période de grande crise.
Aux exclus du temps, les E,
la vente ou la moindre
divulgation de l'heure qu'il est
était vivement déconseillée,
plus qu'illégale!
Le Drôle,
un E recherché par l'impitoyable patrouille Delta,
s'aventure dans la City quand,
devant un terminal, il aperçoit
Déa,
une P aux yeux noirs
en forme d'amande (salée).
Sa carte magnétique
venait de s'encastrer avant qu'elle n'ait pu
appuyer sur la touche Help
(des Beatles)...

## 1

Son compagnon n'avait pas vu la silhouette qui s'avançait vers la voiture, exhibant un panneau électronique où l'on pouvait lire “Donnez-moi l'Heure s'il vous plaît”. Déa eut à peine le temps d'appuyer sur le bouton double vitre blindée et de crier “accélère! Vite! C'est un attentat!” L'homme, vêtu correctement mais de couleurs criardes, n'était même pas armé, et ne portait pas de lunettes.

“Je t'ai déjà dit mille fois de ne jamais baisser les vitres aux sémaphores et de montrer ta montre! Tu es complètement fou! ”continua Déa d'hurler, rouge de rage. Clive avait déjà entamé la Grande Avenue. Il se décida enfin à parler : “On en verra toujours plus des Exclus du Temps. Je devrais peut-être reprendre mes leçons de self-contrôle au gymnasium” dit-il sur un ton monocorde et impassible comme le sont toujours les Privilégiés.
Les Privilégiés (P) travaillaient tous pour l'Autorité (A), propriétaire exclusif du Temps universel pour avoir racheté, en période de grande crise, le méridien de Greenwich. Ainsi, la vente, la transmission ou la moindre tentative de divulgation de l'heure qu'il est, étaient vivement déconseillées. Plus qu'illégales.

Tout marchait au pas de la Petite et de la Grande aiguille du temps, monopole absolu de l'A. Seuls les P pouvaient se rendre régulièrement à leur travail, acheter leur gobelet-régime-personnalisé, aller en vacances, à l'opéra, scolariser leurs enfants... Eux avaient toujours l'heure. Ils acceptaient complètement et naturellement toutes les règles qui régissaient la communauté dans laquelle ils étaient nés, ils n'en connaissaient pas d'autre. Ainsi l'autorité de l'Autorité n'était jamais remise en question. Jamais.

Toutes les montres, horloges, et autres objets pouvant indiquer l'heure avaient une durée de vie limitée : décision souveraine des experts que les Exclus (E) surnommaient, d'ailleurs, les gardes suisses. L'heure qu'il est n'était distribuée qu'aux seuls P, d'où leur nom. Les seuls autorisés à exercer leur droit au travail, c'est-à-dire à se mettre à jour sur le bon déroulement de l'activité économique. Ils détenaient tous des actions, plus précisément des Contrées. Leur travail consistait à renouveler périodiquement leur confiance à l'Autorité et à s'informer du cours de leurs actions; il suffisait, pour cela, de se rendre au terminal le plus proche et de répondre au questionnaire, en donnant quelques chiquenaudes sur l'écran, dans les espaces réservés à cet effet.

On a déjà vu des P remplir leur questionnaire en quelques secondes à peine pour ensuite aller vaquer à leurs occupations! C'est déjà arrivé. “Helvetica”, journal à gros tirage, réussit plus d'une fois à doubler ses ventes en citant, sur trois colonnes à la “une”, ce genre d'exploits. Les trois colonnes désormais fameuses de “Helvetica” dont tous les textes sont naturellement composés en Helvetica, d'où le nom. C'est un journal qui, comme le "Times", publié en Times, le "Courier" publié en Courier, et tous les autres journaux officiellement diffusés, s'autodétruit, juste après lecture, en dégageant un parfum désormais disparu : la violette.

Le dernier communiqué de l'A, interdisant — pardon, déconseillant — désormais aux P de communiquer l'heure qu'il est même à leurs parents — s'ils avaient dépassé l'âge de 77 ans — avait soulevé de grandes interrogations dans les rédactions des périodiques spécialisés dont, bien entendu, seule l'A connaissait la périodicité.

On soupçonnait l'A de vouloir priver les géniteurs des P des avantages acquis au cours de milliers et de milliers d'heures de travail! On a vu des parents de P (PP) se présenter aux différents Bureaux des besoins (BB), à des heures impossibles! Un nouveau système de retraites était à l'étude. Les experts devaient décider. En fait, il était question de ne leur remettre que des demi-cartes d'accès. Ces cartes, étant le privilège des seuls P, donnaient accès à tous les besoins, à condition de s'y présenter à l'heure exacte! Oui mais ceux qui la possédaient étaient toujours ponctuels et bien informés.

## 2

Par “Helvetica”, “Times”, “Courier” et d’autres journaux qui venaient justement d’ouvrir un grand débat sur l’information. Ces publications différaient les unes des autres par le caractère adopté — très important, car indicateur de la ligne du journal —, la mise en page, la couleur et surtout la ponctuation! Leur même contenu ne les empêchait pas de se déclarer la guerre pour l’emplacement d’une parenthèse ou d’un point virgule.

Même l’A qui, d’habitude ne s’en mêle jamais, avait dû rappeler à l’ordre le fameux “Times” pour l’excès de points d’exclamation insérés sournoisement dans ses trois derniers numéros. Quant à la grande discussion sur l’accent circonflexe qui avait remué pendant longtemps le monde des médias, télévisions comprises, l’A préféra, là, adopter un profil bas, terrain glissant…

## 3

L’avenue aussi était devenue glissante depuis les dernières pluies acides de la veille, toujours plus fréquentes après l’avènement du Grand événement. Mais Déa s’en foutait éperdument du Grand événement, des points d’exclamation — bien que grande lectrice de “Times” — et encore plus des pluies acides. Une seule chose l’effrayait vraiment : perdre ses privilèges et n'avoir plus droit à la crème solaire personnalisée anti-ultra-violet.

Déa n'avait en réalité rien à craindre dans l'immédiat, ses actions étaient bien cotées et les nouvelles en provenance des Contrées étaient également rassurantes. Les dernières révoltes signalées avaient été efficacement réprimées : aucun survivant. D'autres "braves travailleurs" avaient immédiatement remplacé "les agitateurs ingrats", morts de fainéantise. La police financière avait quand même dû, par précaution, envoyer une "Task force" pour venir en aide aux gardes à la production : l'A avait horreur des débordements imprévus.

## 4

Le Grand ménage, transfert des activités économiques, eut lieu juste après le Grand événement; les Deux terres avaient miraculeusement survécu à l'engloutissement. Les survivants de la Première terre réussirent aussi miraculeusement à sauver leur mémoire alors que les populations de la Deuxième terre sombraient dans l'ignorance jusqu'à oublier les gestes les plus élémentaires de la vie quotidienne... Il leur en a fallu du temps avant d'assimiler le savoir (faire) transmis (au compte-gouttes) par les élus de la Première terre, devenus aujourd'hui les P.

Par des mécanismes peu clairs, mais très sophistiqués, les P étaient parvenus à prendre le contrôle total de la Deuxième Terre. Il faut dire, aussi, que les chefs de clans, les caciques, les valets, et les autres potentats locaux leur avaient bien facilité la tâche, servant ainsi de relais.

Les sociétés locales, autoritaires et très hiérarchisées étaient livrées aux Grandes oreilles (GO) qui semaient la terreur et dénonçaient aussitôt la moindre tentative de soulèvement, voire même de mécontentement. Les GO, à ne pas confondre avec les gentils organisateurs du Club med, provoquaient périodiquement des pénuries de biens de première nécessité afin de focaliser l'attention de ces millions de malheureux sur le produit désormais introuvable tel que l'huile, le sel ou le sucre. Ceux qui avaient la fâcheuse habitude de prendre leur café, au lever du jour avant d'aller trimer dans les plantations ou suer le burnous dans les mines, ne parvenaient pas à s'habituer au jus de pois chiche mis en circulation comme unique succédané. Certains faillirent même en perdre la raison...

Dur, l'habitude!

( Fond musical, Izumal, Idir)

**5**

Les privilégiés locaux aussi, ceux de la Deuxième terre, avaient leurs habitudes; ils n'arrêtaient pas de singer la façon de vivre des P de la Première terre, les vrais. La concurrence était subtile mais néanmoins sans merci. Elle virait souvent à la surenchère. En échange de leur fidélité, et grâce au rythme infernal imposé à la production, ils recevaient régulièrement une A.i.d.e, c'est-à-dire de l'Argent aux intéressés par la dépendance éternelle. Ce qui leur permettait de mener une vie de nababs avec instruction privée pour leurs enfants, voitures de luxe, villas avec piscines, sans compter l'omniprésent service de sécurité pour protéger leur bien-être et leur vie tout court. Les attentats étaient fréquents.

Une partie infime de cette aide, les Miettes, était ensuite distribuée à la population sous forme de denrées alimentaires et de vêtements; le parachutage provoquait des milliers de victimes; les plus forts physiquement l'emportaient sur les femmes et les enfants qui finissaient souvent écrabouillés ou étouffés par la charge des masses affamées et déchaînées... Ce qui n'empêchait pas la population entière de boire, chanter, et danser jusqu'à l'aube pour fêter le sacro-saint Carnaval décrété au soir de chaque parachutage, comme le veut la tradition qui, elle, ne meurt jamais.
(Fond musical, Si tu vas à Rio, Luis Mariano)

## 6

Pour des raisons diverses, certains privilégiés locaux décidaient d'aller s'installer définitivement avec leur famille en Première terre, perçue comme la terre promise par les femmes et les enfants. Bien qu'étant de grosses légumes dans leur bled respectif, possesseurs d'actions et bons terriens, c'est-à-dire serviteurs fidèles des intérêts de l'A, ils devaient quand même subir, à leur entrée, le test d'intégration. Test au cours duquel, on initiait le candidat aux règles telles que la ponctualité — dont il avait une vague idée, pour les innombrables tentatives d'application de cette mesure dans les Contrées —, le respect — qu'ils avaient souvent eu l'occasion de pratiquer lors de la venue d'ambassadeurs ou aux réceptions officielles — et finalement l'indifférence. Ah, l'indifférence... Ils ne savaient vraiment pas ce que cela signifiait. Ils pouvaient éprouver de l'amour pour leurs maîtresses et leurs enfants — et, bien sûr, leur portefeuille — ou alors du mépris pour les gens qui ne comptaient pas ou peu, de la jalousie même, à l'égard d'autres concurrents jugés dangereux.

Mais de l'indifférence, ça, jamais!

C'est évidemment sur ce dernier point que de nombreux aspirants échouaient lamentablement. On a déjà vu un semblant de larme — une — dégouliner sur la joue droite d'un candidat, une fois informé du sort réservé aux extra-commune-terre, les clandestins, qui voulaient pénétrer illégalement dans le territoire. Les garde-frontières attendaient qu'ils aient fini d'escalader la Grande muraille, après avoir survécu à la traversée de l'Océan sur des radeaux de fortune, pour les capturer, en les immobilisant à l'aide d'un rayon électromagnétique qui les aspirait littéralement vers le haut. On traînait ensuite ces malheureux, pétrifiés par la peur — et la rapidité foudroyante de l'action — dans une salle dite de transfert pour leur arracher les yeux et l'appareil génital. Le reste de leur corps allait servir de pâture aux requins. Les organes prélevés étaient soigneusement conservés, avant d'alimenter le réseau ultra-secret d'un trafic qui menait — par des chemins de traverse — aux… P.

## 7

Eh oui, la vue des P baissait très vite, à force d'avoir les yeux fixés sur tous ces écrans d'ordinateurs, matin et soir. Les besoins en cornées se faisaient toujours plus pressants, ils voyaient de plus en plus mal et baisaient de moins en moins. Les greffes, une simple formalité, s'effectuaient dans des cliniques officialo/clandestines et répondaient à un besoin tout naturel, celui de baiser et de reproduire l'espèce. Comme il était très déconseillé de ne pas avoir d'enfants, l'alternative extra-communautaire, catégorie humaine rarement frappée d'impuissance, était très discrètement mais vivement encouragée.

Il en allait de la survie de la race.

## 8

Déa n'arrêtait pas de penser au (Drôle de) gars, un E, qu'elle avait “rencontré” devant un terminal, au moment où sa carte magnétique venait de s'encastrer.

Elle pensa un instant, plus qu'à l'expression de son regard, à la couleur de ses yeux. Le Drôle, ce jour-là, de son côté, avait remarqué le désarroi de cette femme aux grands yeux noirs en forme d'amande (salée), quand elle fit tomber à terre ses lunettes noires qu'une P se doit de ne jamais retirer en plein jour, sous peine de recevoir une amende (très salée, cette fois!) pour délit d'Expression. Les textes officiels parlaient plutôt de danger d'ultra-violet.

Déa venait juste d'appuyer sur la touche Help (des Beatles), quand le Drôle surgit on ne sait d'où. D'un seul coup, Il avait tout compris. C'est à cet instant que tout se déroula très vite. Il avait rarement eu l'occasion d'adresser la parole à une P. En un geste ferme mais précis, il parvint à retirer la carte pour la remettre aussitôt à la dame, en même temps qu'elle lui glissait un objet entre les mains. Après ce bref échange étrange, elle s'enfouît dans son engin — tout terrain, gris métallisé — et disparut sur le Grand boulevard, laissant derrière elle un agréable sifflement qui chatouilla un instant les oreilles du Drôle qui maintenant ne pensait qu'à se mettre à l'abri. Une Patrouille pouvait arriver d'un moment à l'autre.

Le Drôle risquait gros. Rares étaient les E qui s'aventuraient dans la City, sans raison ou laissez-passer justifiant leur présence. Pis encore, il venait de perdre son Identity… C'est une carte infalsifiable sur laquelle sont imprimés deux hélices — l'empreinte génétique — et un code à barres contenant le plus grand nombre d'informations que l'on puisse réunir sur un terrien. Dont l'indispensable degré d'utilité sans lequel on n'existe plus. Il ne l'avait pas encore renouvelée. Il avait ouvert une polémique, sans le savoir, avec Pao, le caricaturiste attitré de la Presse privilégiée, pour avoir osé dire, très simplement et en privé de surcroît, qu'il dessinait plus vite que lui. Cela a fini par se savoir. Il attendait qu'on le convoque, sans pour autant se métamorphoser en Joseph K de Kafka.

## 9

Il détestait la compétition mais il aimait bien relever les défis qu'il se proposait. Il vivait ça comme un devoir. Allez savoir pourquoi. Lui-même ne le savait sans doute pas. Il ne savait même pas — sinon, par intuition — qu'il risquait d'être poursuivi pour outrage à la pensée unique. La censure n'existait pas officiellement. Mais ses dessins restaient le plus souvent dans sa mémoire… Dur(e).

Le Drôle était loin de Marmite-ville, mais il se rappela qu'un ami libre-penseur n'habitait pas très loin d'ici, dans la Zone. Espace où avaient élu refuge des libres-penseurs, des artistes, des rieurs, des lettrés, des poètes, des cyniques, des astrologues, etc. Il servait de zone tampon entre le centre qui comprenait la City avec autour les résidences des P et le désert où pullulaient toutes sortes de favelas, de bidonvilles, de caravanes, de tentes, de gourbis… Les patrouilles, bien qu'armées jusqu'aux dents, s'y aventuraient rarement, sauf en cas d'émeutes graves pendant lesquelles on décrétait l'état d'urgence pour déclencher les terribles opérations de pacification (des banlieues).

En revanche, on pouvait y rencontrer des chasseurs de primes. Exclus d'origine, recrutés discrètement par la police pour faire le sale boulot, ils atteignaient rarement la trentaine. Leur scalp, très prisé par les descendants des navajos, permettait de perpétuer une vieille tradition : la réduction des têtes.
(Fond musical, Sacred spirit, Indians)

## 10

Les clandestins qui avaient réussi à pénétrer dans le territoire, à l'insu des gardes frontières, étaient aussitôt repérés et expédiés dans des centres de sélection où ils devaient subir le test d'exclusion pour être inclus parmi les Exclus. Rien à voir avec le pseudo-examen proposé aux privilégiés des Contrées.

Après un entraînement paramilitaire et une formation psychologique accélérée — dans le genre Full metal jackett —, les meilleurs éléments, parmi les survivants, recevaient la tant convoitée Identity. Elle leur permettait de rester dans le territoire et d'exercer éventuellement une activité, une fois défini leur degré d'utilité. Ils étaient souvent enrôlés dans les forces de sécurité ou comme Gardes frontières qui se révélaient, au passage à l'action, encore plus féroces que leurs formateurs. La police faisait souvent appel à ces nouvelles recrues pour les assister lors des interrogatoires d'E dénoncés par les Grandes oreilles. Leurs tortures exotiques étaient très appréciées.

## 11

Le Drôle courait déjà depuis un bon moment, il fallait à tout prix qu'il se souvienne du code d'entrée. Ses chaussures gonflables lui permettaient d'aller plus vite mais nul n'est à l'abri d'une crevaison, le sol était parsemé de toute sorte d'objets coupants, de morceaux de verre, de clous, etc. Quand il vit cette bâtisse basse, couleur rouge brique — seule couleur admise dans la Zone —, son cœur se mit à battre encore plus vite, mais de joie cette fois! Il allait retrouver cet ami libre-penseur à qui il avait hâte de raconter son aventure. Le Drôle disait tout. Enfin, presque. Un métier qu'il n'aurait jamais pu exercer, celui d'espion. Il détestait viscéralement le secret.

A leur surprise, ledit objet, enveloppé dans un papier en cellophane noire, était une montre! A cadran noir, bien sûr. Il suffisait d'appuyer sur un bouton, en fait le seul, pour voir apparaître, en italique — caractère destiné aux E — l'adresse et l'heure à laquelle il était convié à la Soirée. L'objet devait s'autodétruire, une fois composé le code d'entrée de la résidence où allait se dérouler la Soirée.

“Ça fait longtemps que je ne passe plus devant les terminals, j’ai dépassé l’âge de courir ces dangers. Je viens même de jeter ma vieille paire de chaussures gonflables. Les femmes qui ont des problèmes avec leur carte d’accès, si j’étais toi, je m’en méfierais. D’ailleurs, mes idées, je préfère les garder pour moi ou, à la rigueur, les échanger à la banque du temps. On ne sait jamais ce qui peut m’arriver demain. Mais si toi tu veux aller faire le clown chez ces gens-là, ça te regarde”.

Tout cela prononcé avec une pondération forcée qui dissimulait mal sa haine envers les P. Le Drôle fit une drôle de mine en pensant : “Peut-être a-t-il appartenu jadis à la tribu des orgueilleux ou des égoïstes ou alors est-il tout simplement jaloux, qui sait?”

Avant de sortir, il n’oublia pas de décharger sa carte provision dans le frigidaire du jaloux pour le remercier de son hospitalité. Il faisait déjà nuit. Avec sa montre, il avait l’heure, il pouvait donc prendre l’aérométro à la station intermédiaire la plus proche et, enfin, arriver chez lui.
(Fond musical, Ticket to heaven, Dire Strait)

## 12

Des Soirées avaient régulièrement lieu sur les terrasses des résidences des P. En les organisant, ils faisaient, chaque fois, en sorte qu’y soit convié quelqu’E

— artiste, poète, rieur ou autre — pour y apporter une touche exotique. Son point de vue et ses idées. Les P, eux, étaient constamment à cours d'idées et n'exprimaient aucun avis. Taciturnes les trois quarts du temps, ils se tordaient de rire à la moindre blague racontée par un E. Ce dernier devenait aussitôt la seule attraction de la soirée. S'il était un peu malin, il pouvait même s'en tirer avec une promesse d'emploi, comme il pouvait finir au fond de la piscine s'il en faisait trop ou que sa tête ne revenait pas à un des VIP, Visages pâles privilégiés.

Ça dépendait de l'ambiance, de l'humeur et de la quantité de poudre blanche en circulation.

## 13

Engouffré dans son fauteuil préféré, le Drôle, qu'on appellera dorénavant Read, alluma la tv et, à sa grande surprise, la présentatrice présentait... Quoi donc? Le programme des Jeux pardi! Amoureux de la présentatrice et passionné des jeux, Read jubilait. Il se frottait les mains et riait tout seul comme un demeuré. (Au fond, que demande le peuple?).

Le visage ovale et légèrement androgyne de la speakerine dévoilait toutefois une féminité qui fit naître un sourire rassurant et nostalgique sur ses lèvres. Il se ressaisît aussitôt, à la pensée du revers de la médaille.

Organisés périodiquement, les Jeux — dont seule l'A connaissait la périodicité — étaient un rare moment où les E pouvaient trouver une occupation. Les organisateurs passaient dans toutes les banlieues, les bidonvilles et les favelas à la recherche de gros bras désireux de travailler à l'assemblage et, plus tard, au démantèlement des immenses installations sportives devant servir pendant trois jours et trois nuits aux trois disciplines.
(Musique des Raisins de la colère, J. London)

Les athlètes étaient tous des E qui passaient les trois quarts de leur temps à s'entraîner dans des salles de culturisme où les litres de sueur sécrétés étaient directement proportionnels aux taux d'amphétamines ingurgités. Dans un seul espoir, celui de décrocher un jour la médaille d'or qui, elle seule, pouvait leur assurer un avenir doré. En effet, les champions devenaient d'office des P, si, au bon vouloir des arbitres, ils n'étaient pas éliminés avant. Seuls les arbitres pouvaient décider de la durée de la compétition, le bon déroulement des Jeux dépendait énormément de leur prestation. Eux aussi s'entraînaient beaucoup.

Les spectateurs, admis gratuitement dans les tribunes, pouvaient effectuer des paris (Dakar) aux différents guichets de la Banque du temps, installés à cet effet. Et, à l'occasion, essayer de nouer des Contacts avec les Fôcons (fonctionnaires organisateurs). Important d'avoir des contacts (Moi y'en a vouloir des contacts). Comme les athlètes étaient admis une fois seulement aux jeux, nombreux étaient les Exclus qui s'offraient comme futurs prétendants. Il était courant de voir des jeunes filles et garçons, taillés comme des rochers, courir dans tous les sens, leur K7Cv3 — vidéo tridimensionnelle — sous le bras, à la recherche du décideur Fôcon qui apprécierait leurs performances et leur délivrerait une autorisation d'espérer. Parce qu'en effet, tous les jeunes élus devant participer aux prochains Jeux s'appelaient les Espoirs autorisés.

(Fond musical, Don't give up, Tracy Chapman)

Read adorait la balle (ronde); mais ce qui l'excitait par dessus tout, c'était la troisième mi-temps. Pendant la première mi-temps, les athlètes, en se servant seulement des mains, devaient enfiler le ballon dans le panier adverse, protégé par des malabars, chaussés de patins à roulettes, véritables gardiens de la virginité. Une espèce de basket où les coups de coude bien placés étaient non seulement admis mais synonymes de qualité de jeu. L'épuration n'allait pas tarder.

Les concurrents qui avaient terminé en entier ce "prime-time" se dirigeaient vers les vestiaires pour changer de tenue.

Après un bref intervalle, le terrain s'ouvrait, en s'agrandissant, pour laisser place à une piscine où les protagonistes devaient cette fois loger la balle dans les cages situées aux deux extrémités latérales. Dans cette sorte de Water-Polo où une boue verte remplaçait l'eau, les noyades étaient fréquentes. Les rescapés auront l'honneur d'affronter la troisième mi-temps. Entre-temps, des émeutes, déclenchées par deux tribus rivales de tifosi, avaient embrasé les gradins. (Scènes de violence gratuite dans le genre Liverpool-Juventus)

C'est sur un terrain en tuf où les coups de pied aux couilles fusaient de toutes parts que cette espèce de football — avec beaucoup plus de foot que de ball — se pratiquait. L'arbitre, aidé de sa caméra à répétitions instantanées et chargé du décompte des points, s'apprêtait à désigner le vainqueur. Dans ce sport apparemment collectif, le vainqueur qui appartenait souvent à l'équipe victorieuse, était celui qui avait réussi à neutraliser le plus d'adversaires ou de coéquipiers, et à marquer le plus de points.

Le visage du Super champion apparaissait maintenant sur tous les écrans géants de la ville avec les chiffres 11 à gauche et 37 à droite; ce qui signifiait qu'il avait à lui tout seul inscrit 11 buts et éliminé 37 adversaires ou coéquipiers dont 3 seulement avaient survécu à leurs blessures. En général, ils se reconvertissaient en entraîneurs.

Read, de son côté, ne pouvait s'empêcher de penser à tous ces malheureux qu'il avait vu courir, sauter, suer, aujourd'hui éliminés, terme officiel employé par les médias, pour définir les effets collatéraux. Leur seul rêve pourtant était d'y arriver. Ils avaient cru, dur comme fer, aux slogans qu'on leur avait inculqués depuis leur plus jeune âge : "T'es pas un looser, mec! ", "Fonce toujours, tu m'intéresses!" ou alors "Numéro 1, passe-moi la salade, s'il te plaît! ".

Et pourtant.

Eux aussi, se dit-il, sont des élus. Ils ont donné leur vie pour un idéal. N'a-t-on pas vu des athlètes remarquablement loyaux et corrects arriver à un pas du but pour se voir en empêcher l'accès par leur propre compagnon? "Et ces vainqueurs, pensait-il, devenus aujourd'hui des P, n'avaient-ils pas dû marcher sur la tête de leurs semblables — avec des souliers à crampons en pointes d'acier qui fracassaient le crâne de l'ennemi, pardon, de l'adversaire — pour arriver sur la plus haute marche du podium?"
(Fond musical, l'incontournable "We are the champion", F Mercury)

## 14

La vigilance des Grandes oreilles, pourtant si efficaces, venait d'être prise à défaut. Des têtes allaient tomber au plus haut niveau. Les Purificateurs, patrouilles composées de deux femmes et de deux hommes, vêtus d'une combinaison blanche, imperméable aux ondes électromagnétiques et aux fléaux en tout genre, sillonnaient la ville jour et nuit dans leurs engins vitrés pare-balles. Ils étaient à la recherche d'éventuelles victimes P (bien sûr) qui n'auraient pu actionner à temps la touche "Help" de leur mini-ordinateur personnalisé. On avait surtout peur des vols. Certains, se sachant atteints de ce mal étrange, sortaient, malgré ça, la montre au poignet.

La synapsoïde faisait un ravage chez les P. L'Autorité était visiblement dépassée. Aucun remède n'avait encore été trouvé. Elle se répandait à une vitesse effroyable. La Synapsoïde intelligency deficitum aliénite (Sida) était un mal bizarre mais mortel. L'Om (l'ordinateur de la médecine) la définissait ainsi : baisse accrue et irréversible de la sensibilité des terminaisons synaptiques. "Le courant ne passe plus" disaient plus simplement les cyniques "ils sont devenus complètement idiots". Dans ce cas-là, à en mourir, malheureusement...

Sans vouloir dévoiler l'ampleur de l'épidémie, l'A faisait discrètement mais fermement appel à toute la communauté, y compris les E pourtant pas du tout concernés par ce fléau. Des émissaires avaient déjà secrètement pris contact avec les guérisseurs, les marabouts et les herboristes. L'A était encore une fois à cours d'idées. Les guérisseurs, qui s'étaient vu plusieurs fois interdire l'importation des produits nécessaires à leur médecine naturelle et contraints de n'utiliser que des amulettes électroniques, avaient là l'occasion de se venger. Ils préférèrent offrir "un plat qui se mange froid" à "ces visiteurs du soir" qui refusèrent aussi froidement cette politesse qu'ils ne comprenaient pas vraiment. Il s'ensuivit un échange d'idées (dans un sens) et de promesses de remise de dixièmes de carte d'accès aux malades dont les parents avaient pu se rendre utiles au moins une fois dans leur existence.

## 15

RENDEZ-VOUS UTILE!

Les panneaux publicitaires n'arrêtaient pas de clignoter en même temps que défilaient sur les écrans des images montrant des E au travail. En train de cirer des chaussures, de peigner le gazon avec la raie au milieu ou alors levant délicatement la patte d'un chien capricieux pour l'aider à faire pipi.

Sa brosse automatique miniaturisée vola en éclats, le coup de pompe dans l'estomac qu'il venait de recevoir lui donnait envie de vomir. Recroquevillé par la douleur, il n'y parvint pas. Il n'avait pas mangé depuis deux jours. Ce malheureux cireur n'en voulait même pas au Yuppie qui venait de refuser ses services car il avait prononcé, juste avant, la phrase "Je n'ai pas le temps!". Encore heureux qu'il ne l'avait pas dénoncé aux gardes qui l'auraient immédiatement inculpé pour Délit d'introduction non autorisée dans la sphère individuelle privée d'un P. Ouf!

Il réussit quand même à se relever, non sans essuyer quelques gouttes de sang, trois (car on est à la page 3 de la troisième partie), répandues sur l'asphalte. Il jeta un coup d'œil au panneau électronique qui lui conseillait cette fois :

N'INSISTEZ JAMAIS!
ESSAYEZ AILLEURS!

Il obéissait au doigt et à l'œil aux panneaux publicitaires; il savait qu'ils ne mentaient jamais. Pendant ce temps-là, "les fils de Pub", installés aux commandes, pouvaient, grâce à des micro-caméras dissimulées à chaque angle de rue, diriger les opérations, donnant ainsi une série d'instructions et de conseils, par écrans interposés, aux Exclus potentiellement utiles qui cherchaient du travail.

LEVEZ LES YEUX!

Le cireur se rendit compte aussitôt que le sirocco de la veille avait recouvert les arbres, des magnolias, d'une poussière épaisse de couleur orangeâtre.

GRIMPEZ A L'ARBRE!

Aussitôt dit, aussitôt fait. Il s'était empressé de s'accrocher à une branche, à une quinzaine de mètres du sol et faisait déjà briller les feuilles une à une, en chantant "Les feuilles mortes", version Nina Simone. Sa brosse automatique miniaturisée enregistrait la performance. Il était impatient de finir pour aller se présenter au terminal où il pourrait décharger sa "mémoire" et ensuite passer à la Banque du temps la plus proche.

## 16

Dans le Macaroniland, le juge Decaillou avait décidé d'aller jusqu'au bout de ses investigations. Rien ni personne ne pouvait plus l'arrêter. La machine politico-judiciaire s'était mise en branle et le juge Decaillou en était la pierre de lance.

Il apparaissait matin et soir sur les écrans de télévisions, on parlait de lui dans la presse entière, son nom pendait à toutes les lèvres. A mi-chemin entre Robin des bois et Superman, ce justicier, sorti de l'ombre en quelques semaines à peine, était chargé de mener à terme l'opération Min-Prop. Cette enquête, qui avait commencé par une banale histoire de corruption, allait bouleverser en un temps record les plus hautes sphères du pouvoir impliquées dans toutes sortes "d'affaires". Ce Pool de magistrats, avec à leur tête Decaillou, était en train de provoquer la plus grande révolution (de palais) encore jamais réalisée... de mémoire de pizzaïolo.

Face au ras-le-bol généralisé des pizzaïoli et à l'ascension fulgurante, sur la scène, de nouveaux privilégiés, aussi corrompus qu'arrogants, cette grande lessive s'imposait. Au fil des années les dirigeants avaient pris de très mauvaises habitudes : ils ne se lavaient jamais les mains. Decaillou, maniaque de la propreté, allait en faire son affaire. Il s'était chargé personnellement de les convoquer un par un pour leur passer un savon...en direct à la télévision. Le seul test de la vérité qu'il connaissait les laverait de tout soupçon, en cas d'innocence. Certains, sachant que des traces indélébiles subsisteraient, avaient préféré le suicide à l'humiliation. L'opération Min-Prop avait pris des dimensions gigantesques et inattendues. A chaque apparition d'un politique ou autre privilégié devant les écrans, l'impitoyable savon Decaillou révélait toujours plus de crasse.

A la grande jouissance des Exclus, pourtant exclus de ce règlement de comptes, la nomenklatura avait sérieusement été ébranlée. Des P (locaux) avaient été expédiés aux oubliettes, des caciques écartés et des porteurs de valises sacrifiés.

Le besoin de justice et d'autorité, incarné à l'occasion par l'intraitable Decaillou, se faisait de plus en plus pressant. Un ordre nouveau apparaissait déjà à l'horizon.
(Musique, Lili Marlen, version originale)

## 17

Pendant ce temps, Minouche, la fille de Déa et Clive, passait sa composition de dessins animés. Pour pouvoir, plus tard, gérer les actions de leurs géniteurs, les enfants recevaient dès leur plus jeune âge une instruction rigoureuse. La matière dessins animés par l'ordinateur devait leur permettre de projeter et de mieux visualiser les propositions qu'ils devaient faire en matière d'investissements et de spéculations boursières, quand ils auront atteint l'âge adulte.

Les fonctionnaires de l'A, qui avaient horreur de la lecture, préféraient de loin les images de synthèse. Pour pénétrer dans le vif du sujet, il leur suffisait de mettre une paire de lunettes appropriées et voyager ainsi dans la réalité dite virtuelle. Ils passaient donc la plupart de leur temps à voir des dessins animés, sous l'œil inquiet des machinistes et, surtout, des retoucheurs qui guettaient la moindre expression de leur visage. Ces derniers, seuls habilités à retoucher ces films, manipulaient sans cesse les couleurs, le rythme ou alors la bande sonore qui, elle, ne devait comprendre que les trois notes officielles : Ut, Ré, Mi. Le ministre de l'Ordre avait piqué une crise de nerfs quand on lui avait présenté le dernier projet de loi (Disegno di legge : rapport terminal animé) qu'il avait jugé non seulement un peu tendre envers les E, mais avec de trop longues séquences et des couleurs criardes de surcroît. La Retoucheuse en chef, "Véro l'espiègle" lui édita une loi sur mesure dans l'instant qui suivit.

## 18

Dans une région éloignée du Sud-Est, la population croyait en la réincarnation. Les gens de cette communauté étaient fatalement parmi les plus déshérités de la Deuxième Terre. Un nombre grandissant de personnes s'y sentait vraiment inutile. Ils pensaient pouvoir renaître sous la peau de Privilégiés et, en attendant, au plus profond de leur désespoir, ils ressentaient le besoin d'une purification immédiate. Malgré les appels voilés du grand maître Scharamytra qui les sommait de ne pas se presser, ils avaient recours à l'immolation par le feu (de Bengale). Cela se produisait en général au coucher du soleil, à la nouvelle lune.

Les enfants, habitués à ce genre de spectacle, regardaient la torche humaine se consumer en applaudissant, en criant, en dansant et en faisant des galipettes dans tous les sens. Les plus doués réussissaient à faire trois fois la roue autour du bûcher pendant que les autres soufflaient à l'unisson sur le feu pour faire grandir les flammes. Un jeu cruel, un jeu d'enfants, quoi.
(Fond musical de Ravi Shankar)

## 19

Un autre enfant, non moins cruel, mais mieux né, venait de se faire accompagner au seuil de la résidence. Pépin, le fils de Déa et Clive, jeta un regard ingrat à son accompagnateur-serviteur du haut de ses trois pommes et fit une grimace à l'eunuque en guise de remerciement, avant de lui claquer la porte au nez... Ses parents étaient rentrés plus tôt et avaient déjà leur Gobelet-régime-personnalisé entre les mains.
- Papa! Papa! J'ai gagné! J'ai gagné!

- Doucement, mon fils, du calme, ta maman est fatiguée, ne fais pas de bruit.

Comme tous les garçons de son âge, fils de P, Pépin adorait les leçons de Stratégie, appelées aussi Défense du beefsteak. Les élèves les plus doués recevaient le titre de "Stratège de la survie". Le but du jeu consistait à arriver, sain et sauf, à la touche "Stones age". Les candidats avaient à choisir entre plusieurs scénarii simulant toutes sortes de guerres — inter-planétaires, civiles, urbaines, tribales ou autres — en suivant un parcours parsemé de pièges et de complications diverses.

(Fond sonore, Staying alive, Les Bee Gees).

Pépin avait opté pour la mère de toutes les batailles : La Tempête du Dessert. Clive retira ses lunettes noires pour que son fils puisse lui parler droit dans les yeux.

- Quel contexte as-tu choisi, Pépin, soit bref.
- Favorable! dit-il avec sa voix d'enfant, s'efforçant d'avoir l'air plus grand.
- Préparation de l'opinion publique?
- Excellente!
- Combien?

Les yeux rouges d'impatience, Clive attendait la réponse. Le nombre d'ennemis éliminés avait une importance cruciale à ses yeux. Le bambin, complice de son géniteur, s'écria :

- 235 000!
- Effets collatéraux?

- 423 000!
- C'est un peu trop, mon fils, les opérations doivent être "chirurgicales". Fais attention à tes effets collatéraux, lui dit-il, comme on disait aux élèves d'une autre ère : fais gaffe à ton participe passé.
- Foyers de résistance?
- Anéantis!
- Survivants?
- Juste quelques chameaux et quelques moutons.
- Fleuves, mers intérieures, lacs...?
- Empoisonnés.
- Pertes?
- Zéro!
Fier de son rejeton, Clive lui cria en pleine figure :
- Tu seras un homme mon fils! (Rudyard Kipling).

Après ce bref compte rendu de Pépin, Clive se retira, soulagé, dans sa chambre à coucher, non sans appuyer sur la touche musique de chambre.
(Fond musical, Wiegenlied de Brahms, Version Richard Clayderman)

## 20

Dehors, les sirènes des purificateurs retentissaient. Il avait sûrement dû se passer quelque chose. En effet, l'inspecteur Jako, entouré de ses gardes armés jusqu'aux dents, examinait le tag :

"FRISé ,Is bioUTifouL".

Les erreurs et la mauvaise ponctuation du texte l'irritèrent au point de faire naître sur sa bouche, déjà tordue, un rictus énigmatique. En tant que P, il ne comprenait pas ce qui poussait ces dépravés à venir jusqu'au centre-ville pour écrire ces saletés sur les murs et déranger les fonctionnaires de l'Autorité à une heure aussi tardive. Lui même n'avait presque jamais eu à écrire quoi que ce soit. Il avait d'ailleurs rarement vu une feuille de papier. Seule l'A avait le droit de "battre papier", c'est-à-dire d'appuyer sur la touche PRINT, inexistante sur les autres claviers. De toute façon, tout se transmettait d'écran à écran, à travers le réseau Interbrut, où nul n'avait accès sans permis de surfer sur les autoroutes de l'information où la vitesse était bien entendu illimitée.

Les E gesticulaient tout le temps et parlaient à voix haute. Ils s'exprimaient en quéchoua, en kabyle, en argot, en napolitain, en créole, en javanais, etc., avec les mains et même avec les yeux. En revanche, une seule langue, la langue des affaires (LA) suffisait aux P, naturellement flegmatiques et silencieux. (Pendant que t'y es, tu me passes le LA, s'il te plaît?)

Seule une caste d'élus, dont les calligraphes, les lettrés et les poètes, s'adonnait encore à l'art des pleins et des déliés. Ils fabriquaient eux-mêmes leur papier parce qu'alimentés en pâtes (alimentaires, via la filière souvent démantelée et toujours reconstituée, connue sous le nom de "spaghetti-connection"). L'A n'était aucunement intéressée par l'importation du papier, d'où le décret. Le super Ministre des transmissions était l'actionnaire principal de la société des transmetteurs notamment.

L'inspecteur Jako continuait à fixer la maudite inscription composée en plusieurs caractères, dont Times, le préféré des P. Visiblement, quelque chose lui échappait. Pour se donner une contenance, il se gratta discrètement la fesse gauche et se retourna vers le fameux chroniqueur "Lèche-couilles" qui était en direct sur Canal 5.

- Inspecteur, nous sommes là en face d'un acte subversif commis délibérément par des éléments déstabilisateurs, dont la complicité avec les Calligraphes est évidente!

Tous les projecteurs des télévisions étaient braqués sur l'inspecteur qui devait maintenant répondre à cette affirmation. En retirant un instant de sa bouche sa sucette en forme de couille, il fît, péremptoire :

- Pour nous, les choses sont utiles ou inutiles, les gens arrivent à l'heure ou en retard, c'est des Privilégiés ou des Exclus, ça s'arrête là!

C'est vrai que la beauté (frisée ou pas), ça lui faisait une belle jambe. Il n'avait d'ailleurs jamais dit à sa conjointe "T'es belle", ni même "Je t'aime". Dans ce cas-là, on dit tout simplement, les yeux dans les yeux, "Tu m'intéresses, moi non plus". (S. Gainsbourg). D'ailleurs le mariage était devenu une "Relation d'Intérêts Communs". Les P ne se sentaient jamais obligés de quoi que ce soit, ni envers personne, mais ils avaient des devoirs. Et celui de l'inspecteur Jako était de retrouver les coupables et de les présenter à la Justice (sommaire du deuxième bureau). Ils seront, avant d'être envoyés aux oubliettes, inculpés pour délit d'écriture, mais surtout pour erreurs et mauvaise ponctuation. Les défenseurs de la langue, aidés par la police de caractères, étaient sans pitié sur ce dernier point.

A la ligne.

## 21

Consacrée essentiellement à la lecture (d'images) et à la ponctuation, l'émission télévisée de Bernard Pavot faisait un tabac. C'était devenu le haschich du peuple. Les invités, des "imageurs" de renom ou en passe de l'être, auteurs des plus récents clips, dévoilaient les motivations profondes de leur œuvre merveilleusement superficielle en mettant un accent (grave) sur le message philosophique subliminal contenu dans leur création. Champion de la publicité culturelle, Bernard, fin et intelligent, ratait rarement l'occasion de lire en public quelques séquences d'un des derniers clips avant de lancer son cri d'alarme favori : "On ne lit pas assez et la ponctuation n'intéresse plus qu'une élite, mais c'est grave! ". Ce qui le rendait encore plus sympathique aux yeux des téléspectateurs.

Mais Bernard n'avait pas vraiment tort. En effet, il y avait péril en la demeure. L'écrasante majorité de la population était “analphabète”. Peu d'initiés savaient que les effets spéciaux étaient des trucages et que les cascadeurs n'étaient pas forcément les acteurs eux-mêmes. Le télépeuple croyait en tout ce qu'il voyait. Leur foi en l'image était totale et inconditionnelle. Pis encore, les téléspectateurs fidélisés ne faisaient plus la différence entre la réalité et la fiction. Les reconstitutions des faits divers et des grands événements étaient si fréquentes, les techniques de montage si sophistiquées, que même les plus avertis n'y voyaient que du feu. La confusion s'était installée dans les esprits. Le virtuel régnait en maître absolu.

Les murs des habitations étaient pavoisés de télévisions extra-plates de toutes les couleurs, rose bonbon, jaune canari, vert caca d'oie... Dans le couloir, dans la cuisine, même dans les wc, comme c'était le cas, à une autre époque, pour les tableaux, les posters ou encore les photos. Les quizzeurs, chômeurs de longue durée reconvertis en spécialistes de jeux télévisés interactifs, prenaient des cachets pour vaincre les insomnies. L'absence de projet collectif, religieux, idéologique ou autre, poussait l'individu vers l'utopie individuelle dont la rencontre avec le Dieu hasard représentait l'ultime miracle attendu. On pouvait gagner des merveilles, la Roue de la fortune décidait, ainsi, de faire basculer, d'un instant à l'autre, le destin de milliers de gens. Ils se relayaient devant les écrans, du matin jusqu'au soir. La télécommande, elle, ne chômait jamais.

## 22

Le café-théâtre “Chez Pierrette”, passage obligé des saltimbanques, des troubadours, des poètes et de la Commedia Dell'arte, avait dû afficher “complet” depuis la première représentation de “Acte premier : en fait unique mais nécessaire”. Sur l'estrade, Jean-Baptiste Poquelin donnait la réplique à Coluche, sur un fond musical d'Idir (Zwit rwit). Gino se frayait un passage entre les tables pour satisfaire les derniers arrivés; le couscous kabyle est un plat qui se mange chaud, accompagné d'une viande de boeuf, de mouton ou de merguez saignantes et d'une sauce aux légumes. Avec un peu ou beaucoup d’harissa, c'est kif-kif, mais sans pois chiches, sur la vie de ma mère, c'est un crime.

Silence, rideau.

- Depuis le temps que je lui cours après, elle a fini par se prononcer.

- Finalement! Et… qu'est ce qu'elle t'a dit?

- Qu'on ne pouvait pas se voir.

- ……… Mm…

- On ne peut pas se voir, c'est compliqué, ça ne peut pas se faire.

- Comment ça, ça ne peut pas se faire? Avec tous ces coups de fil, les cadeaux que tu lui a envoyés et j'en passe.

- Non mais, tu me voyais l'attendre tous les jours, en face du Colisée?

- Tous les jours?

- Ouais, tous les jours. Les femmes c'est comme ça. Tu rates un rencard, t'as pas la bonne excuse, t'es foutu.
- Ouais mais, elle aurait pu t'en donner au moins UN de rencard.
- Ça... impossible!
- Ah bon et pourquoi?
- Elle aime pas les rencards. Ça l'agace. Elle arrive jamais à temps, elle a rarement l'heure, d'ailleurs. Elle s'excite. Ça la rend nerveuse, elle dit que... enfin, elle a toute une théorie là-dessus.
- Toute une théorie? Non mais, tu divagues ou quoi? Quand on veut voir une personne, on choisit un moment de la journée pour la rencontrer quelque part. On lui fixe tout bêtement un rendez-vous, c'est pas plus sorcier que ça.
- Non mais eh, tu me prends pour qui? Elle, elle n'a rien contre LE rendez-vous en tant que tel. Elle refuse tout simplement d'y être impliquée. Elle dit que ça restreint sa liberté d'action. Que la vie est courte. Qu'on est déjà assez pris par la course au boulot, la famille et un tas d'autres choses, il est donc inutile de s'embrigader davantage.
- Ça alors! Quand je pense aux kilos de chocolat que t'as dû lui envoyer et aux quintaux de fleurs que tu lui as offerts...
- Non mais ça, elle a toujours apprécié. Elle adore le chocolat! Et les fleurs, c'est sa grande passion! Tu le sais bien.
- Elle pourrait être plus claire, alors. Te dire carrément : " je ne peux pas ou je ne veux pas te voir. "

- Aucune raison. Elle ne refuse pas de me voir, je te dis. Au contraire.
- Mais si elle a horreur des rendez-vous, c'est quoi son truc, alors?
- La rencontre.
- La rencontre?
- La rencontre, ouais. Comme ça, sans préavis, sans calcul... par hasard.
C'est fou combien elle est romantique, cette fille! Et ça lui va si bien...
J'l'adore.

Au fond de la salle, lumière blafarde...
Le regard lointain, Déa laissa glisser sa main dans celle de Read, sans le regarder, en posant la tête sur son épaule. Il lui fit un baiser sur la tempe, juste à la naissance de ses cheveux. La bouteille de Prosecco était presque vide, le guitariste rappelait qu'il n'y avait pas d'amour heureux. Dehors, un chien aboyait sans grande conviction. Read, lui, essayait de rattraper du doigt les gouttes d'eau qui ruisselaient de l'autre côté de la vitre. La pluie torrentielle couvrait les sanglots de cette femme qui devait maintenant rejoindre son foyer.
(Fond musical, Il neige sur le lac Majeur, Mort Shuman)

## 23

On les prénommait les hordes, les gangs ou alors les bandes, tout simplement. Ils n'arrêtaient pas de bander… leur haine envers et contre tout. On y trouvait un échantillon formidable de jeunes en colère : des casseurs, des racketeurs, des muristes (plus passifs car éternellement adossés aux murs mais non moins dangereux) et surtout les incontournables trabendistes, spécialistes du marché noir.

La police s'intéressait de très près à ce cocktail explosif mais ne réussissait pas encore à mettre la main sur celui qui était devenu l'ennemi public numéro un du moment : Tchélodouro. Le mot d'ordre qu'il avait lancé "Touche pas à ma capote" avait été vite repris par des milliers d'autres jeunes non moins énervés. L'Autorité avait suspendu "l'importation" de capotes depuis que les manifestants, lors des émeutes, les remplissaient d'un liquide inflammable et les balançaient sur les forces de l'ordre. Au fond, ils ne risquaient pas grand chose, leurs combinaisons anti-fléaux étaient complètement imperméables, mais les flammes laissaient parfois des ombres noirâtres çà et là. Les hommes de loi risquaient à leur tour d'être hors la loi pour avoir sali les couleurs "nationales en exercice de leurs fonctions". Ils venaient de commettre, même involontairement, le Délit d'atonalité. Les grands couturiers, à l'origine de cette Règle, ne badinaient pas sur la ligne à suivre. Ces seigneurs de la guerre du goût, étaient des défenseurs fanatiques du "Esthetically correct".

Pourtant, certains groupes de jeunes E avaient le courage d'afficher leur mauvais goût jusque dans les artères les plus chics de la City. Cette résistance colorée (à l'origine de l'expression gens de couleurs, sans doute), bien que passive et non violente, était sévèrement réprimée par les Purificateurs qui leur en faisaient voir de toutes les couleurs quand ils les croisaient. Les Purificateurs n'aimaient pas la provocation. Mawam'ba en sait quelque chose (Il fera son entrée, en boitant, un peu plus tard).

Les gangs ne faisaient pas seulement la guerre à la police mais le plus souvent à d'autres gangs encore, pour le contrôle de quartiers considérés comme stratégiques tels que le Bronx, Bab el oued, la Courneuve, Bario Chino, Termini, etc. Un équilibre venait d'être rompu : les Aigles voulaient s'emparer d'un territoire appartenant aux Amazones qui avaient aussitôt déterré la hache de guerre en empalant, pour l'exemple, sur la route de Menphis (Eddy Mitchell), trois membres influents de la horde des Rapaces. La bataille avait duré des nuits entières avant que des patrouilles de Purificateurs (toujours) n'interviennent, sans trop se presser, pour achever les blessés graves d'une balle dans la tempe et éteindre les incendies provoqués par les collisions de motos et les pneus brûlés.

(Fond musical, Sur la route de Menphis
E. Mitchell)

## 24

Une fois fécondées, les femmes se rendaient à l'Om — ordinateur de la médecine — pour choisir l'enfant qu'elles désiraient avoir. Il était possible de procéder à toute sorte de modifications du fœtus déjà privilégié : des taches de rousseur sur le nez aux chevilles fines en passant par les seins de Pompadour. Oui mais l'Om avait ses limites. Il pouvait tout détecter, sauf la vue partielle : malformation congénitale visible à l'âge de trois mois seulement. Ces enfants, pris totalement en charge par la communauté, en devenaient aussitôt les chouchous. Leurs caprices allaient faire des dégâts.

Ces presbytes du troisième type, qui ne voyaient que très loin et en détail, étaient destinés à jouer un rôle particulier. L'adresse de milliers de personnes était étroitement liée à leur vision du monde, Immanquablement invités aux Soirées où une place d'honneur, sur la terrasse, leur était réservée, ils étaient indifférents à tout ce qui les touchait de près, même aux jambes ravissantes de leurs hôtesses. Ils n'avaient qu'une seule obsession visuelle, certes : la ligne d'horizon. Le but de leur existence se réduisait à la gestion esthétique de cette ligne que pourtant personne n'avait tracée. L'A se fiait aveuglément de leurs capacités. Au rythme de la musique diffusée par leur baladeur, ils tiraient, quand ça leur chantait, leur colt à Laser Infra-rouge, pour corriger une courbe ou un angle incompatible, une fausse note quoi. Ils communiquaient ensuite les coordonnées de leur tracé à la police du paysage qui, après approbation, envoyait immédiatement sur les lieux un commando. Ce dernier devait procéder aux retouches du Skyline en pulvérisant tous les édifices et habitations devenues indésirables, jetant ainsi sur les routes de l'Ouest les centaines de familles de néo-sdf encore une fois touchées par cette mesure d'exclusion.

Les Gardiens de la ligne d'horizon étaient des urbanistes-nés.

## 25

Read se découvrait, de temps en temps, en train de parler tout seul. Mais depuis qu'une de ses amies, psychanalyste, lui avait dit qu'on avait souvent, "beaucoup de choses à se dire", il ne s'en était plus fait. Maria appartenait à cette race de personne dotée d'un habilité naturelle à mettre à l'aise tous ceux qui l'approchaient. Pour cette femme douce et raffinée, rien n'était jamais grave et "tout finissait par s'arranger" (la preuve, jc viens de trouver l'accent circonflexe).

Read admirait Maria, il aurait aimé avoir une mère comme ça. Mais il détestait tous les autres "psy" qu'il comparait à des voyeurs sadiques. La misère affective et la solitude régnantes poussaient les gens à chercher, en dehors de leur cercle familial et amical, l'illusion du réconfort sur des divans neutres mais pas toujours confortables. Cette recherche du Moi perdu leur coûtait les yeux de la tête. Les patients en sortaient plus ou moins satisfaits, l'analyse révélait toute sorte de phantasmes, de frustrations réelles ou supposées, de sens de culpabilité et bien d'autres choses encore.

Et les médecins alors! La dépendance du malade envers eux est totale. Sa mauvaise santé qui n'est souvent qu'un dysfonctionnement passager de l'organisme le transforme en animal crédule et docile. Le pouvoir des toubibs est énorme. Et les chirurgiens qui passent les trois quarts de leur temps à transpercer des estomacs, à ouvrir les cœurs et les cerveaux de leurs semblables? Et les juges, les avocats, les magistrats que la société délègue pour sanctionner les atteintes à l'Ordre, ne disposent-ils pas de ce que l'être humain possède de plus cher? Sa liberté.

Tant de question auxquelles Tétouche doit souvent répondre, elle qui parcoure les quartiers les plus pauvres de la Zone pour enseigner clandestinement l'histoire de l'art et la philosophie aux jeunes et aux adultes privés de toute espèce d'instruction,

## 26

La raie au milieu était de rigueur depuis la fin — décrétée — des idéologies. Ce qui n'empêchait pas la sueur de couler le long de tout son corps bronzé et quelques mèches blondes — rebelles, sûrement — lui coller au front. Le soleil devait être au zénith, mais

Iraé, Chercheur de l'or du temps, piochait et piochait encore dans la direction indiquée par son détecteur. Il avait reconnu la silhouette du Drôle qui se détachait au sommet de la dune. il se mit alors à crier : "d'où viens-tu et où vas-tu?"

La main dans la main, Déa et Read dévalaient la pente à toute allure. Iraé venait de saluer son ami avant de lui répéter, les yeux dans les yeux : "mais où vas-tu si tu ne sais pas d'où tu viens?" Et Read de lui répondre, comme à l'accoutumée : "Si on a un passé, on a un avenir". Ils éclatèrent de rire, en se tapant sur l'épaule comme le font les vrais amis. Il s'avança vers la dame pour la saluer. Iraé était un homme distingué et doté de bonnes manières. Mais il lui était toujours difficile d'approcher ses lèvres aussi près de la peau d'une femme pour l'effleurer seulement, baise-main oblige.

Il se savait persécuté par la patouille Delta, un corps spécial qui dépendait directement du Ministère de la fin de l'histoire lequel ne tolérait aucune concurrence. L'A l'avait inculpé par contumace pour Tentative de reconstitution de l'origine du temps — perdu. Délit gravissime.

Ils savaient que les chercheurs avaient constitué un musée virtuel secret qui retraçait l'histoire de l'Homme et qu'ils détenaient même certains exemplaires rares de statuettes, de pièces de monnaie portant l'effigie de Cochise, de Jughurta, de Gutemberg et d'autres encore... Iraé venait de découvrir un lieu de mémoire... sous forme de pépite, son histoire à lui touchait bientôt à sa fin.

## 27

Egysia ouvrit la porte avant de s'écrier affolée, comme si elle avait été trahie par un proche.

- Mais qui est cette femme?!
- Ne crains rien Egysia, fit Read pour la rassurer, c'est une amie, laisse-nous entrer.
- Je m'excuse, Madame, mais vous voyez, nous, on n'a pas l'habitude de recevoir des P, c'est la première fois que ça m'arrive, je ne sais pas quoi faire... et en plus, c'est Déconseillé! J'ai une famille à nourrir, moi. Pourquoi es-tu venu me voir? Mais pourquoi moi? Répétait-elle les larmes aux yeux.

Déa assistait à la scène, impassible mais un peu déboussolée; elle préféra poser son regard sur les murs auxquels étaient accrochés une myriade de babioles, objets étranges qu'elle n'avait jamais vus auparavant. D'un pas sûr et lent, elle faisait le tour de la pièce pendant que Read calmait son amie astrologue et lui chuchotait affectueusement des mots doux à l'oreille pour l'amadouer. Elle se reprit et, une main sur la hanche, elle fit :

- Que voulez-vous savoir madame?
- Je ne sais pas vraiment, répondit Déa avec un air détaché.

- Ah!... J'ai compris maintenant. Vous vouliez seulement faire une visite exotique dans la banlieue, voir comment notre espèce vivote. De toute façon ça ne vous coûte rien à vous...

Les deux coudes sur la table, les jambes croisées et sage comme une image, Déa écoutait la voyante sans mot dire. (Maudit soit qui mal y pense).

En réalité, Egysia mourait d'envie de connaître ses coordonnées. Elle aurait pu établir facilement son thème astral sans avoir recours aux innombrables artifices qu'elle utilisait pour retrouver l'équivalent de la date de naissance d'un E. L'Administration, elle, lors de ses enquêtes, se servait tout simplement du carbone 14, mais ça c'est une autre histoire.

- De toute façon, vous savez très bien ce qu'il vous attend ici sur Terre, vous avez tout, vous pouvez tout. Tiens, ce soir, alors que moi j'irai courir sous le froid, d'un endroit à l'autre de la Zone, réconforter des gens de mon espèce qui ont à peine de quoi vivre jusqu'au lendemain, vous, vous rejoindrez votre cher conjoint, vos petits enfants dans votre belle résidence où vous ne manquez de rien. Et ce malheureux qui vous suit partout savez-vous s'il survivra jusqu'à votre Soirée?

Read, à la fois gêné et embarrassé, ne savait pas où son amie voyante voulait en venir, il ne l'avait jamais vue dans cet état "Elle en fait un peu trop" se dit-il.

- Je suis née le... à...heures..., faites madame.

Egysia se mit aussitôt à pianoter frénétiquement sur le clavier de son mini-ordinateur sans lever la tête un instant; son visage changeait de couleur au fur et à mesure que s'alignaient les résultats sur son écran. Déa avait pris sans s'en rendre compte (peut-être) la main de cet homme qui était désormais entré dans sa vie.

La voyante avait interrompu ses recherches pour demander à sa cliente exceptionnelle les coordonnées de son conjoint avant de se remettre à la besogne. Ses yeux brillaient de plus en plus, et elle n'arrêtait pas de regarder l'écran sous des angles différents en se tortillant dans tous les sens, comme un asticot. Son foulard qui s'était légèrement défait entre-temps dévoilait la merveilleuse chevelure noir corbeau de cette ancienne chanteuse de raï et de flamenco. Le couple l'observait et attendait le verdict.

Egysia prononça, péremptoire et en patois andalous de surcroît, la sentence qui tomba comme un couperet : "incompatibilité zodiacale!" Et de rajouter, comme si elle était pressée d'en finir "c'est pas la peine d'aller plus loin..." Le silence qui s'était insidieusement installé (musique : The sound of silent) ne fut rompu que par le claquement de la porte que Déa venait de franchir brusquement.

Elle releva légèrement sa manche pour appuyer sur son poignet et désactiver, par dépit, la puce électronique à l'aide de laquelle tous les P étaient repérés, contrôlés, surveillés et protégés. En effet, la Centrale informatique des libertés gérait les moindres faits et gestes de millions d'individus, au nom de leur sécurité. Des caméras étaient installées dans des endroits impensables, il n'existait plus d'angles morts. Tout était vu, tout était su.

Même les repris de justice avaient droit à un souvenir de leur séjour aux oubliettes, quand ils en sortaient. On leur plantait, à leur insu, une puce électronique dans la fesse droite...

L'ambition de Clive, était sans limites, il lui arrivait même de travailler jusqu'à plus de 16 heures par jour. C'est-à-dire de rester accroché à son monitor et suivre du doigt sur les tableaux de valeurs de toutes les transactions financières en cours, aux quatre coins de la planète. Avec dix chiquenaudes à la seconde, c'était un as au boulot, il faisait d'ailleurs partie de la crème (Chantilly) des managers. Au lit, avec Déa, les choses allaient autrement.

## 28

- Regarde ce qu'ils m'ont fait.

En guise d'avertissement, on l'avait tabassé, un soir où il rentrait à son hôtel. Il boitait et avait un œil au beurre noir. Vêtu comme il était, Read pensa aussitôt à une mauvaise rencontre avec une patrouille de Purificateurs. Mais à y voir de près, les choses étaient un peu plus compliquées.

- Moi, je n'ai jamais refusé de me mettre au service des Scientifiques, mais les fédéraux (encore plus sévères que les Purificateurs) me disent de payer des dommages et intérêts. Ils prétendent que mon Esprit “suce” l’énergie de leurs ordinateurs, qu’il déchiffre leurs messages codés et qu’il y insère des virus exotiques. Mais ils sont fous! Ils me réclament une somme astronomique, alors que moi, je n’y suis pour rien.

- Et comment tu vas faire pour te défendre?…

- C’est pas facile d’avoir toutes les polices de la City à ses trousses, mais nous sommes quand même en train de les combattre! C’est une lutte sans merci!

- Tu ne peux pas être accusé à tord… Si ça se trouve… ton esprit, par erreur, s’est introduit dans des circuits non autorisés…

- JAMAIS! Mon Esprit ne fais PAS ces choses-là. Je SAIS d’où ça vient. C’est des esprits parasites, des vauriens! Le monde est plein de cette racaille! Mon Esprit, lui, n’a jamais porté préjudice à personne.

Bawam’ba venait d’une île flottante lointaine où les gens savaient déjà danser avant même d’apprendre à marcher. Bercés toute l’année par les vents et les flots de l’océan, ils passaient des nuits entières à faire la fête. Le jour, les hommes allaient à la chasse ou à la pêche pendant que les femmes s’occupaient des tâches domestiques et de la récolte. Les jeunes filles, elles, allaient ramasser les coquillages et cueillir les plus belles fleurs pour en faire des colliers. Cette portion de terre paradisiaque subissait toutefois les caprices imprévus de la nature tels que les cyclones, les ouragans, les typhons… Ces ravages étaient vécus par la population, indolente et pacifique, comme une punition divine, alors ils s’en remettaient aux Esprits.

Esprit es-tu là?

L'Esprit de Bawam'ba l'avait suivi au cours de toute sa traversée vers la Première terre. Il était même parvenu à détourner l'attention des Garde-frontières. Mais une fois arrivé dans cette gigantesque métropole qu'était la City, c'est à croire que, épuisé lui aussi par ce long voyage et désorienté par ce changement de décor, l'Esprit avait perdu son âme. Décidément, l'émigration c'est dur pour tous.

Bawam'ba se sentait de plus en plus seul, mais ne lui en voulait pas, c'était un sage. Il attendait solennellement l'arrivée d'un autre esprit, "moins influençable et encore plus puissant" disait-il, "s'ils ne me prennent pas avant." Il était allé se réfugier où il pouvait sans crainte regarder la mer et écouter le vent. Il suivait, les larmes aux yeux, l'envol de ce bel oiseau de nuit — blanc avec des reflets d'or — qui s'en retournait vers les îles. L'Esprit de Bawam'ba l'avait définitivement quitté. Pleine lune, ciel violacé...
(Musique vocale, Salif Keita et Mory Kanté, suivie de Ourestrou de Djamel Allam)

## 29

Read ne voulait à aucun prix rater l'occasion qui se présentait, il avait préparé son numéro et attendait le moment propice. Il ne savait pas qu'une chiquenaude du destin allait lui venir en aide puisque les agents de la sécurité, éparpillés un peu partout dans l'immeuble, l'avaient laissé passer car officieusement invité à la

Soirée. Comme il n'était pas d'usage de présenter les E aux autres convives, Read, tranquille, déambulait d'une table à l'autre, se sachant superbement ignoré.

Les télévisions, qui se donnaient le change d'un mur à l'autre, avaient interrompu, un instant, les programmes pour transmettre, par la Présentatrice en personne, un message de félicitations adressé spécialement à Clive, grand serviteur de l'A. Les robes de soirée glissaient sur la moquette blanche, les gobelets-régimes-personnalisés avaient laissé place à une boisson enivrante de couleur bordeaux et Read commençait à s'emmerder sérieusement dans son coin.

En voulant quitter son fauteuil, il s'appuya sur une table qui aussitôt s'envola pour aller percuter le mur d'en face. Mais j'ai rien fait, qu'est-ce qui se passe? se dit-il. Il sentait peser sur lui le regard pesant de l'assistance. La deuxième secousse provoqua une panique que seuls les grands réalisateurs d'Hollywood sauraient mettre en scène.

Read vit la Présentatrice tomber en morceaux... En réalité, c'était une image virtuelle! Il assista, en direct, à la désintégration de nombreux P présents... dont Clive On apprendra plus tard que c'étaient des répliquants, des êtres venus d'ailleurs pour imposer cet ordre infâme aux humains.

Et, il ne restait après ce tremblement de terre de faible amplitude pourtant, que les terriens de souche. Les yeux hagards et désemparés.

Il fallait à tout prix faire quelque chose. La nature ayant peur du vide, Read aussi, ça tombait bien.

Avec un sang froid qu'il ignorait posséder, il monta sur une table et se mit à parler de la vie des E et de tout ce qu'il se passait au-delà de la ligne d'horizon. Les heureux survivants n'arrêtaient pas d'applaudir, comme illuminés par les paroles sages et apaisantes que Read venait de prononcer. Il serrait dans ses bras Déa en pleurs, rescapée elle aussi.

Les larges sourires à l'américaine en disaient long sur ces retrouvailles.

The end
(Musique finale, Le temps de vivre de G. Moustaki)

Nasser est redevable envers :

Ali baba et les quarante voleurs, l'Accent circonflexe, Astérix, Gavroche, la Fontaine des innocents, Santana, Francis Cabrel, le Canard enchaîné, le Colisée, les croissants au beurre, la Bavette à l'échalote, Sacha Guitry, R. Devos, G. Bedos, l'Huile d'olive, la galette et le couscous kabyles, Idir, Alain Souchon, B. Dylan, la casbah, L. Cohen, Graeme Alwright, Rabelais, Cosette, la Rambla cataluña, Don Quichotte, Almodovar, Goya, les Brochettes de la rue Tanger, Paolo Conte, les fritures mixtes du Sindbad, à la pêcherie, Salut les copains, le rêve américain, Tintin, Rintintin, la Méditerranée, Moustaki, les pistaches, le diabolo grenadine, Poil de carotte, les soirées romaines, le trésor des Incas, les plages d'Alger, la mairie du 20ième arrondissement de Paris, l'odeur du gazon tondu, le thé à la menthe, le Petit Prince, Gai Luron, la nostalgie, l'amour, la beauté, la bonté et le dernier des Mohicans.

il

vit et travaille à Rome, et n'a pas de voiture.

Les pancartes géantes
portaient la mention
"Cette affiche s'autodétruira juste après votre passage".
Certains s'amusaient même à revenir sur leurs pas
pour voir si elle était encore là.
Le lancement, organisé en grandes pompes,
était accompagné
de la distribution de toutes sortes de gadgets
comme la montre des Privilégiés,
les colts à rayon laser des Gardiens de l'horizon,
l'insigne des Patrouilles Delta,
les chaussures gonflables du Drôle,
jusqu'à la crème solaire personnalisée de Déa,
les tee-shirts des jeux… et, enfin,
des méridiens de Greenwich en miniature
(de couleur dorée car Time is money).
De Rome à Paris,
en passant par New-York et Ouagadougou,
l'humour des Exclus, auto-ironique

et percutant, était devenu le must de toutes les Soirées.
Dans le cœur de l'Afrique,
des amulettes électroniques
semblables à celles utilisées par les Guérisseurs
et les Marabouts se vendaient comme des petits pains.
Toutes les Astrologues
prenaient le nom d'Egysia et,
dans (presque) chaque village,
il y avait un Mbawam'ba
qui racontait son histoire
en attendant l'arrivée d'un Esprit
moins influençable et plus puissant
qui l'aiderait à émigrer vers
la Première Terre.

Illustration musicale

1-Izumal, Idir
2-Si tu vas à Rio, Luis Mariano
3-Help, Beatles
4-Sacred spirit, Indians
5-Ticket to heaven, Dire Strait
6-Musique du film Les raisins de la colère
7-Don't give up, Tracy Chapman
8-We are the champion, Freddy Mercury
9-Les feuilles mortes, Nina Simone
10-Lili Marlène, version originale
11-Musique de Ravi Shankar
12-Staying alive, Bee Gees
13-Wiegenlied de Brahms, par R. Clayderman

14-Je t'aime... moi non plus, Serge Gainsgourg
15-Zwit rwit, Idir
16-Il neige sur le lac Majeur, Mort Schuman
17-Sur la route de Memphis, Eddy Mitchell
18-The sound of silent, Simon et Garfunkel
19-Salif Keita et Mory Kante
20-Ourestrou, Djamal Allam
21-Le temps de vivre, G. Moustaki.

Personnages, par ordre d'apparition

- Un homme vêtu de couleurs criardes
- Déa, une P
- Clive, un P
- Les Garde-frontières
- Un privilégié local
- Le Drôle
- L'ami jaloux
- Les Purificateurs
- La présentatrice
- Le super champion
- Les émissaires de l'A
- Des Guérisseurs, des Marabouts, des Herboristes
- Le cireur
- Le yuppie
- Le juge Decaillou
- Minouche, fille de Clive
- Le Ministre de l'Ordre
- Véro la classe
- L'immolé

- Des enfants sales aux yeux brillants
- Pépin, fils de Déa
- L'eunuque
- L'inspecteur Jako
- Le chroniqueur Lèche-couilles
- Les équipes de télévision
- Bernard Pavot
- Des quizzeurs
- Pierrette
- Jean-Baptiste Poquelin et Coluche
- Gino
- Les gangs
- Tchélodouro
- Des jeunes E en couleurs
- Un Gardien de la ligne d'horizon
- Maria
- Tétouche
- Iraé
- Les Patrouilles Delta
- Egysia
- Mbawam'ba et son Esprit
- Les jeunes filles des îles
- Les invités de la Soirée

Reproduit et achevé d'imprimer
par ÉVIDENCE au Plessis Trévise
en janvier 2001
N° d'imprimeur : 1412

N° ISBN 2-913868-09-6
Dépot légal 1er trim. 2001